FRATURAS E PRÓTESES

FRATURAS E PRÓTESES

LUISA LANCELLOTTI

A Vivian, minha mãe.

A Mãe Florinda, encarnada na tão importante
Mãe Beth do Terreiro São Lázaro.

A escrita foi, em sua origem,
a voz de uma pessoa ausente.

Sigmund Freud

PRÓLOGO

Quando fraturamos um osso, mesmo que o colemos de volta, ele nunca mais será o que um dia foi. Quando fraturamos um osso de forma irremediável, colocamos uma prótese. A prótese forja o osso, substitui, toma o lugar, mas não é o osso. Nunca será o osso. A prótese tampa a ausência do osso que foi perdido, mas ao fazer isso, ela escancara a própria falta e perda do osso.

Nossas vidas são repletas de fraturas. A vida, em si, é a maior das fraturas, e o sentido que buscamos, sem fim, a maior das próteses. Para mim, o grande desafio nunca foi o exercício de encontrar as próteses, essas são fáceis de achar, mas sim o exercício de escancarar as fraturas, e entender que, por iguais, idênticas, ou ainda mais incríveis e satisfatórias que fossem as próteses, jamais me fariam esquecer que, ali, algo havia sido irremediavelmente perdido. Para sempre.

PARTE I

Quando criança, uma das coisas de que mais gostava era deitar no banco de trás do carro, enquanto pegávamos a estrada, e observar pela janela o mundo de ponta-cabeça, em alta velocidade. Sem contornos definidos, a paisagem abandonava forma e se tornava apenas movimento. Uma dança que entrava em harmonia com a trilha sonora do carro, ora um jazz melancólico, ora uma tropicália contente. Se eventualmente ficasse enjoada, o que raramente acontecia, fixava meu olhar nas estrelas, que, diferentemente da paisagem, não importava a velocidade estavam sempre me acompanhando, ali, logo acima de mim. De vez em quando, fechava os olhos e sentia o correr do carro como se fosse meu próprio corpo. E entrava em transe. E fugia dali. E pensava em morrer.

Assim também acontecia quando sentava no balanço. Ou quando brincava de girar, e girar, e girar. Sempre girando mais rápido. O balanço sempre mais alto. Até que eu saísse de órbita, encontrasse um espaço e tempo só meus, desafiasse a gravidade, estivesse completamente só. Ali eu também entrava em transe, ali eu também pensava em morrer.

Saí do ventre de minha mãe com o corpo repleto de alergias. Minha pele, esse contorno que amortece o impacto entre o ser e o existir no concreto do mundo, estava sempre tomado de feridas que insistiam em nunca desaparecer. Sem um alérgeno específico que tivesse sido identificado como o grande vilão, fiz tratamentos que apenas mitigaram os efeitos incômodos da dor e da coceira. Quando adolescente, apareceu também a rinite, que me recebia pela manhã com ataques de espirros violentos e extremo inchaço nos olhos.

Finalmente, quando fiz dezoito anos, diagnosticaram também uma asma, e aquilo me fez rir. Como a natureza e a biologia podiam produzir um corpo tão despreparado para a necessidade básica do viver? Todo o resto poderia ser negociado, mas não poder respirar tornaria inviável viver. A ironia é que me parecia óbvio, portanto, que eu devia ter asma. Era óbvio para mim que eu passaria a vida toda num esforço olímpico para simplesmente me manter viva.

Era toda semana um "Mãe, não consigo respirar", e ela corria, quase sempre de madrugada, para me levar a um hospital, onde eu ficava horas recebendo oxigênio de um cilindro. Mesmo tendo o sistema respiratório mais evoluído dentre todas as espécies animais, eu não conseguia respirar sozinha. Se não fosse aquela máquina, eu morreria. Nem minha mãe seria capaz de me salvar, mesmo com toda sua devoção. Mais importante, nem eu mesma seria capaz de me salvar, se algum dia quisesse. Talvez melhor assim. Sentada na sala gelada e melancólica da emergência, eu me lembrava o quanto odiava meu corpo. Odiava meu corpo imprestável. Inútil. Com toda aquela parafernália presa a meu nariz e boca, mantendo minha vida artificialmente, eu odiava demais esse corpo. Odiava meu corpo que marcava de vez a minha existência. Uma existência indesejada e defeituosa.

Nessas noites, no trajeto até o hospital eu ficava quieta, e isso perturbava demais minha mãe. "Filha, fale comigo, você está bem?". Respondia que precisava me manter calma, ou perderia mais fôlego. Isso era verdade, mas, mais verdade ainda, era que esse trajeto era mais um daqueles momentos em que eu entrava em transe. Sem conseguir respirar, eu estava em outra dimensão, em outro tempo, sentia-me muito perto de morrer. Até então, isso era o mais próximo que havia chegado da Morte. Pensava: está tão próxima, tão possível, acho que se eu esticar o braço consigo alcançá-la. Será que estico?

***

A morte sempre foi uma conhecida íntima, sempre fez parte de minha vida, de alguma forma ou de outra, e durante minha vida, tive diferentes relacionamentos com ela. Comecei a vê-la ainda em tenra idade.

Era uma tarde de quarta-feira, o dia não prometia nada emocionante. O início do verão havia sido oficializado, mas já se anunciava desde a primavera, e na cidade já desde setembro estávamos nos abanando com revistas antigas de fofoca que contavam que algum vilão importante da novela seria assassinado no próximo episódio.

No inverno daquele ano, a puberdade havia se instalado em meu corpo, e na quarta-feira de trinta e dois graus o suor escorregava por dentro de meu vestido leve como um celofane, em volta de minhas curvas recém-crescidas. Estava de péssimo humor. Coloquei o disco das Spice Girls para tocar no radinho de meu quarto, e fechei os olhos imaginando que eu era uma superestrela do pop norte-americano. Mexia a cabeça e cantava de má vontade, como quem quer convencer os outros de que não se importa muito com nada. Nessa época, vivia uma versão blasé de mim mesma. Um personagem que criei, para que todos pensassem que eu já era madura. A galera comprou a ideia. Honestamente, hoje pensando, não sei quem comprou a ideia de quem. Lembro de, cedo demais, ouvir que eu era uma moça forte, brava e autossuficiente. Uma declaração, escandalosa, em minha opinião. Acho apenas que ninguém estava de fato interessado em saber quem eu realmente era, então imprimiram logo características que justificariam a falta de interesse e a abundância de distância.

O solo de Baby, minha Spice favorita, se aproximava e eu prometia uma performance incrível, mas interrompendo de forma impertinente meu show privado alguém bateu à porta. Meu humor piora. Que saco. Levanto para ser importunada, os cabelos finos perto da orelha molhados de calor. Abro a porta para uma figura inominável. Entre um fantasma e um monolito, ela entra silenciosa, e se senta na ponta de minha cama, que estava coberta por um edredom rosa estampado de Minnies. É taciturna. Não fala, apenas me fita com seus olhos inexpressivos. Em dado momento, sinto que ela me julga e parece quase incomodada por sentar em tecidos tão infantis. A figura tinha senso de humor, parece; senso estético também. Talvez eu estivesse já crescida o suficiente para usar roupas de cama lisas e neutras, mas o trauma de meu corpo em desenvolvimento me fez postergar a ideia de que os tempos de menina estavam se encerrando.

A figura tinha rosto pálido, e algo nas entrelinhas entre o belo e o sinistro que me atraíam de maneira solene. Sinto vontade de beijar sua boca. Essa quarta-feira de verão toma muitos tons de emoção, subitamente. Fico sem graça, diante de meu desejo, e sinto meu rosto corar, transformando meu corpo em um simbólico inferno. Sem saber o que fazer, permaneço imóvel, observando-a, torcendo para que ela faça um primeiro contato, anuncie sua motivação, ou qualquer coisa. Não acontece. E assim ficamos, ela sentada na beira de minha cama de criança tola, eu de pé, com suor escorrendo por debaixo de meus seios, fitando-a. Até que resolvo deitar, e adormeço sob sua guarda. Acordo com o sol se pondo, a temperatura já mais amena, e a cama sem a figura sinistra. Apenas os personagens de minha roupa de cama, amassados, bagunçados de maneira disforme, acusam que ali esteve alguém.

Essa foi a apenas primeira vez que Sra. M. apareceu para mim. Ela vinha tanto que dei esse apelido carinhoso a ela. Com o tempo, sua figura não era mais tão assustadora e aprendi a recebê-la com mais hospitalidade, oferecia café sem açúcar, como ela gostava, ou dependendo do horário um chá, e entendi que ela devia ser uma amiga imaginária minha. Sei lá, nos livros de psicologia dos filhos que minha mãe comprava, mas nunca lia, comentava que, em dado momento, as crianças poderiam fazer amigos imaginários para lidar com as frustrações. Talvez fosse isso. Até no começo batizei a figura de Adriana. Mas depois achei bobo. Preferi Sra. M.

Sra. M. sempre aparecia nas crises de asma, e sempre aparecia em momentos agudos de minha vida. Estava sempre ali, calada, mas imponente, sua presença gritante. Certa vez, ainda na adolescência, acordei com uma dor excruciante, no ventre. Levantei-me de minha cama, silenciosamente para não acordar minha irmã na cama ao lado, e fui até o banheiro. Caí no chão de tanta dor, e acabei fazendo xixi na calça. A dor me invadia como incisões de uma lâmina pegando fogo, e durou minutos antes de passar. Foram dias assim. A cada vez que a dor vinha, eu gritava por Sra. M. em minha cabeça, mas ela não apareceu naquela semana e, por fim, a dor também desapareceu, sem eu nunca saber do que se tratava.

Quando cheguei aos catorze anos, voltamos a nos ver com muita frequência. Era meu segundo ano numa escola nova, religiosa e muito rígida, e eu falhava com sucesso em responder às expectativas morais e acadêmicas. Sentia-me desinteressada por tudo, e os dias foram se passando, e nada me atraía mais do que a cama, lugar onde ficava por todo o tempo que não fosse despendido na escola. A coisa começou a se intensificar e deixei de levantar-me até mesmo para comer ou tomar banho. Numa tarde, após chegar da escola sem qualquer brilho nos olhos, deitei-me, e lá ela estava no canto de meu quarto. Ah, Sra. M.! Esteve ali, por todos os dias. Ouviu as brigas de meus pais, vindas do fundo da casa, nas quais minha mãe gritava que eu sofria de depressão e precisava de tratamento. Se não me engano, penso tê-la visto rindo discretamente, diante desse diagnóstico. Acho que me juntei a ela, e ri também. Aquela palavra, Depressão, parecia significar tanto para minha mãe, e tão pouco para mim. Para Sra. M. também parecia ser insignificante.

Uma vez por semana, às vezes mais, eu me sentia bem para entrar embaixo do chuveiro. Mas daí ficava por horas, entorpecida, ou na banheira, deixando a água fervendo me anestesiar. Quando sentia que a pele já estava ardida o suficiente da temperatura, alcançava a tesoura com a qual minha mãe cortava meu cabelo, e passava na parte interna de minha coxa. Primeiro suavemente, apenas para sentir o gelado do metal agudo, ficava bem, fechava os olhos e sorria sob a sensação. Mas a pele se insinuava de maneira tão provocativa, que apertava a tesoura forte, em cortes horizontais que acompanhavam as estrias recém conquistadas com o crescimento súbito. Apertava até perfurar e o sangue se misturar ao cristalino da água da banheira. Às vezes, fazia três cortes. Jamais dois, não gostava de números pares. E relaxava, numa visão hipnotizante, enquanto o vermelho vivo escorria com pressa, formando arabescos conforme pingava na água, e era como se uma sinfonia de Beethoven tocasse em minha cabeça. Sra. M. permanecia lá, os olhos sempre vidrados, mas sem nenhum julgamento. Apenas me fazia companhia. Distante, porém. Entendi que se quisesse me aproximar dela, teria que ir em sua direção. Depois que ela bateu em minha porta e a deixei entrar, ficou claro para mim que qualquer novo avanço teria que partir de mim.

Os cortes davam trabalho; depois, tardavam em parar de sangrar e exigiam curativos muito inconvenientes. Mas tornei-me viciada nesse ritual. À época, mal entendia o que significava a autoflagelação. Naquele momento, parecia-me apenas muito interessante, algo que eu era convidada a fazer, pelo meu corpo, pela minha dor. Anos depois, mudei de território, e passei a cortar meus pulsos. A única diferença, agora, além do local de meu corpo, era que a tesoura era minha, não mais de minha mãe, ainda era uma tesoura de cabelo, mas era a minha tesoura de cabelo.

Mais madura, nessa época, entendi que cortava a mim para não ter que cortar aos outros. Acontecia sempre após situações desagradáveis, nas quais eu me sentia como um pedaço de lixo, amassado e insignificante. Impotente. Irrisória. E daí subia uma agressividade da qual tinha medo, medo de olhar nos olhos, de frente, e na tentativa de evitar que essa agressividade atingisse e machucasse aos outros, voltava ela, com toda a força, para mim mesma. Sem nenhuma piedade. Corria numa velocidade alucinante, as formas perdiam todo seu contorno, meus pulmões fracos e preguiçosos ficavam ofegantes e suplicantes por uma pausa. Eu entrava no banheiro, pegava a tesoura de cabo branco, sentava no piso frio de mármore e, com a maestria de quem tem muita habilidade com lâminas, fazia muitos cortes, da altura da dobra interna do braço, até a palma da mão. Fazia primeiro na vertical, um do ladinho do outro, com distâncias mínimas, para haver mais espaço para mais cortes. Até chegar na palma da mão. E então voltava, agora na horizontal, curtos e rápidos. Ardidos. E uma vez mais, voltava até o início da dobra, e terminava com cortes na diagonal, criando um padrão, uma estampa, como quem faz rabiscos enquanto fala ao telefone por horas. Parava apenas quando não havia mais direção para traçar essas retas cortantes, e a visão se turvava com os olhos que acumulavam lágrimas. Daí, deixava meu corpo cair por completo no chão gelado e chorava em silêncio. Chorava muito, mas sempre em silêncio, para não incomodar ninguém. Não preocupar ninguém. Abraçava meu braço recém violentado como quem abraça um animalzinho maltratado que precisa de carinho e proteção. Pegava-o pelo pulso, com a outra mão, e o levava ao peito, sem pressionar, para que as feridas abertas não ardessem ainda mais em contato com o tecido de minha roupa. Fechava-me em posição fetal, e lá ficava até alguém dar falta por mim e gritar por meu nome, de algum confim da casa. Caso insistissem em me chamar, lavava o rosto, saía do banheiro e colocava algum artigo de manga comprida, não importava a temperatura que fizesse.

Às vezes, dependendo de quão adormecido estivesse o ódio que sentia por meu corpo, ao deitar-me para dormir, conversava com meu braço mutilado. Pedia desculpas, chorava um tantinho, e pedia perdão por ser tão cruel, por oferecer tão pouco, por ser tão medíocre e ingrata. Não prometia que não faria de novo, pois sabia. Sabia que faria de novo, e pedia desculpas também por isso. E por fim, pedia desculpas por permitir que as pessoas o tratassem como um objeto a ser usado e descartado, mas que, no fundo, sentia que eu valia muito pouco, e essas dores eram tudo o que eu merecia.

Quando tinha essas conversas comigo mesma, perdia-me ao tentar entender se meu corpo respondia de formas que eu não aprovava, por efeito das violências as quais eu o submetia, ou se eu o violentava porque ele não respondia como eu gostaria que ele fizesse. Odiava tudo sobre meu corpo, não apenas suas funções defeituosas. Odiava sua forma, sua textura, cor, odiava o efeito que a gravidade tinha sobre ele, odiava a materialização que ele me trazia. A confirmação de que eu existia ali, naquele mundo, naquela realidade compartilhada da qual eu não gostava nem um pouco. Queria aniquilar meu corpo. Queria viver como uma entidade etérea, uma imaginação, uma fantasia independente.

Como muitas coisas, em minha vida privada, os cortes perderam a graça quando alguém descobriu que eu tinha esse hábito. Certa vez, não mais adolescente, agora jovem, durante um dos mais sombrios anos de minha ainda curta vida, sentia um desespero insuportável. Algo completamente selvagem e indomável, que me fez sentir medo, fiquei apavorada diante daquela sensação arrebatadora, como se tivesse sido colocada em uma máquina a vácuo e não restasse um único centímetro para minhas raízes se esticarem. Precisava me machucar e, na angústia da situação, peguei o primeiro objeto cortante que encontrei: uma faca especial com o nome de meu pai gravado, uma lembrança de seus tempos áureos de fama como chef, pensei. Senti-me tremendamente mal, envergonhada, suja, ridícula, fútil. Dessa vez, foi apenas um, mas profundo. Ao ver o sangue escorrendo em cima do nome de meu pai em caligrafia cursiva, chorei de remorso e vergonha. Ali, na cozinha da casa, senti como se tivesse decepcionado a toda a minha família, destruído tudo, transformado aquele ambiente sagrado de refeição, memória e afeto em um pecado gorduroso e nojento.

Levantei-me rápido, lavei a faca mais do que o necessário, esfregando a esponja tão forte que corria o risco até de apagar a assinatura. Guardei a faca, e nunca mais encostei nela. Mais tarde, encontrei uma amiga de minha mãe e, sem me vigiar direito, deixei que a manga de minha blusa cedesse e revelasse o curativo em meu pulso esquerdo. Sem perguntar nada, ela fitou-me com olhos piedosos, como se já soubesse, e sem que eu percebesse eu estava tremendo com lágrimas quentes e volumosas escorrendo por meu rosto. Sem conversarmos, ela descolou o esparadrapo, descobriu meu pulso, limpou o corte com a delicadeza de um anjo, e por fim disse: "Não cubra, deixe assim, vai sarar melhor, e vai chamar menos atenção". Nunca falamos sobre isso.

***

Certa noite, sonhei com a Sra. M. Ela apareceu em minha janela, e convidou-me para dar uma volta pela cidade, que adormecia.

– Já sei quem você é – falei em tom marrento. Não me respondeu, continuou apenas caminhando ao meu lado, guiando nosso passeio pelas ruas apagadas. – Veio me levar, é?

Ela sorriu, e na minha fantasia, afinal de contas o sonho era mesmo meu, ela parecia estar orgulhosa de que eu havia desvendado essa charada. Fiquei contente comigo mesma. Mas logo me aborreci, pois ela não me respondia. Parei de caminhar e a convoquei:

– Veio ou não veio me levar? Estou certa, não estou?

Ela parou, parecendo mais aborrecida do que eu.

– Te levar? – sua voz era áspera, como a voz que imaginamos ser de uma criatura que não tem gênero, natureza, origem ou destino. – Quer que eu te leve?

Aquela pergunta me intrigou, subitamente me senti exposta, como se tivesse sido descoberta debaixo da mesa, comendo um pedaço de bolo roubado. Se ela não iria me levar, então o que fazia ali? Centenas, milhares, talvez milhões de pessoas morriam, todos os dias, não imaginava que a Morte tivesse tempo livre para despender. Concordo que o descanso e o lazer sejam direito de todos, gosto até de pensar que mesmo a Morte deveria ter direito de jogar os pés para o alto e gozar da preguiça. Porém, parecia-me difícil encontrar intervalos para uma tarefa como essa.

– Não é assim que funciona o seu... trabalho? – perguntei confusa. – Você aparece e leva as pessoas com você?

Nesse momento, ela andava tão rapidamente que parecia flutuar, e apenas deslizava, e eu tinha que me esforçar para conseguir acompanhá-la.

– Não lembro de ter aparecido para você, como você faz parecer. Se não estou enganada, e raramente estou, você me convidou.

Ela se referia ao dia em que bateu à porta de meu quarto, e então lembrei de meu súbito desejo de colar meus lábios nos seus, diante de meu encantamento com sua figura misteriosa. Agora pensando, de fato, ela não havia aparecido como acontece nos filmes, de maneira terrífica, tomando-me de assalto com sua chegada. Estava mais para um filme de vampiro, no qual a criatura precisava ser convidada a entrar em sua casa.

– Você pode considerar que você é, digamos – ela continuou – como um trabalho freelance. – O humor havia voltado para sua voz, e aquilo me deixou num misto de ofendida e lisonjeada. Eu era, então, uma subcategoria de trabalho, mas uma subcategoria de trabalho voluntário. Aquilo começou a ficar mais interessante.

– Então eu posso decidir se você vai me levar ou não? É isso?

Nessa hora paramos no alto de um morro, mais acima que o resto da cidade, e de lá podíamos ver as casas apagadas, onde famílias, universos inteiros, dormiam, sonhavam, trabalhavam, brigavam, faziam amor, cantavam, choravam, viviam. Nem sabia como tínhamos chegado até ali, nem me dei conta.

– Isso acontece com mais frequência do que você imagina – ela respondeu de maneira franca, de frente para mim, impondo sua figura. Olhei para ela tão profundamente, e me dei conta de que tinha verdadeiro afeto por ela, fosse ela o que fosse. Aquele sentimento me pegou de surpresa, precisei respirar pela boca e senti medo de perdê-la, de repente, tanto medo que aquilo começou a doer meu peito de maneira incontrolável.

– Não sei se estou preparada para ir com você – falei pensativa. – Mas não sei se quero que você vá embora. Não quero te perder.

Franzi o cenho e pensei que devia estar soando ridícula, falando para a Morte que não queria que ela partisse, como se estivesse diante de um familiar ou amigo. Temi que ela me achasse boba e risse da minha cara, pensasse pouco de mim. Queria que ela tivesse orgulho, que gostasse de mim.

Chamou-me pelo nome e esclareceu:

– Você me convidou a entrar, Lina. Não esquecerei do caminho até você.

Ouvi-la proferir meu nome causou uma espécie de comoção dentro de mim, como se preenchesse um vazio com a forma e volume exatos, por essa fração musical de segundo.

– Nos veremos mais vezes – ela disse e se virou, anunciando sua saída. Eu estiquei meu braço para alcançá-la, conseguindo encostar milímetros da ponta de meu indicador em seus trajes, e assim, tão sutilmente, ela desapareceu da minha vista. Permaneci naquele morro, sentindo o vento frio atravessando o tecido fino de minha roupa de dormir, e a ponta de meu dedo quente denunciando aquele toque discreto. Meus olhos estavam marejados e, quando daria meu primeiro soluço de choro, acordei em minha cama. Dormia sentada e senti meu braço esticado, dolorido.

***

Hoje entendo que conversas com a morte sempre fizeram parte de minha vida, desde a mais tenra idade. Após sonhar com a morte, daquela maneira tão explícita, a figura da Sra. M. não apareceu mais, ao menos não de forma palpável, mas ela estava sempre ali, nas esquinas de meu pensamento. Conversávamos muito, podia sentir que ela me respondia.

Isso fez com que eu tivesse uma relação diferente com essa criatura temida por todos. Falava sobre morte de maneira natural, e com os anos fui ficando irritada com a maneira como as pessoas faziam cena de que ficavam ofendidas em conversar, ou mesmo mencionar, a morte. Como se fosse um assunto que eu tivesse inventado, como se fosse uma criação de minha cabeça, e essa criação as ferisse de maneira direta. Cada vez que eu parecia à vontade para conversar sobre morte, recebia uma reação de ira, como se eu fosse responsável por ela existir, em todo o sistema solar. Naturalmente fui me calando, na intenção de evitar ser enfadonha. Mas, para ser sincera, quase sempre me sentia levemente superior aos outros.

Para mim não era difícil entender que as coisas são finitas, e a morte um processo inevitável. Em minhas filosofias, bagunçadas decerto, achava até que o nascimento era, na verdade, uma morte, mas isso realmente nunca pôde ventilar fora da minha cabeça, pois essa seria uma constatação no ápice do insensível, e jamais seria bem recebida. Para mim, era mais fácil ser honesta e reconhecer, sem vergonha, que tinha vontade de morrer do que criar subterfúgios para flertar escondido com a morte. Todo mundo pensava na morte. Afinal, só se vive às custas dela.

Posso não ter registro, em meu consciente, do momento de meu nascimento, mas como nasci, posso ter certeza que, em alguma aresta de meu sujeito, existe a experiência desse momento traumático. O nascimento é certamente o primeiro encontro com a morte. Durante meses, permanecemos boiando em conforto e afago, nos corpos de nossas mães. Não há esforço, não há angústia, não há ausências, há apenas um nirvana que parece que não findará jamais. Existimos.

Fora dali, no mundo externo e caótico que ainda não tivemos o desprazer de conhecer, já espera toda uma variedade de vidas planejadas para nós. Temos nome, cores favoritas, animais e criaturas de que gostaremos, profissões que assumiremos, personalidades que carregaremos. Mal sabemos que o ventre é pequeno, mas o contorno que nos receberá e definirá, uma vez na realidade compartilhada, é ainda menor e mais limitante. Enquanto estamos nesse líquido, numa experiência quase que fora da gravidade, vivemos o que conhecemos por vida. E com o tempo, algo esquisito vai acontecendo. Enquanto crescemos, nosso mundo vai ficando pequeno. Esse espaço, tão confortável, vai ficando menor, menor, menor. Apertado. Incômodo. A delícia vai se dissipando, e sem mais, nem menos, dor, grito, aperto, sufoco. Nesse momento, parece que a morte nos alcançará. Mas não. Surpresa! É apenas o começo.

***

Certa vez, na casa de veraneio de minha família, fiquei observando um beija-flor. Quando criança, gostava de coisas que parecessem elegantes, lânguidas, delicadas, e portanto amava os beija-flores. Era meio da tarde, e o beija-flor era de um verde esmeralda que cintilava sob a luz do sol e circulava entre os bebedores de açúcar pendurados na varanda e as flores que cultivávamos em nosso jardim. A cena era idílica, para mim, e não conseguia tirar os olhos daquele pássaro tão elegante, em meu critério. Mas de repente, alguma coisa começou a me incomodar, e fui ficando muito mal-humorada. Eu estava ficando cansada, mas o pássaro não terminava nunca suas rondas entre as flores, sempre pousando seu bico de lá pra cá, de lá pra cá, as asas batendo a uma velocidade além da capacidade humana de monitorar seu corpinho leve, frágil.

– Descansa, passarinho, descansa – eu falava para mim mesma, sozinha, naquela varanda. Pequenina, eu não tinha a chance de conseguir apanhá-lo, embora essa fosse minha vontade, de pegá-lo em minhas mãozinhas e permitir que ele descansasse. Mas lá estava ele, incansável pois só assim sobreviveria. Para dar conta daquele bater de asas lancinante, precisava estar sempre nutrido, sempre trabalhando. Sua maior beleza era também sua maior tragédia. Estava condenado a estar sempre em busca do mínimo para sobreviver.

Naquela noite, chorei para dormir. Triste, e brava com a verdade que me trouxe aquele animalzinho tão agradável ao meu olhar infantil. Alguma coisa já sentia, e não gostava de saber, que algumas pessoas, na vida, precisavam estar sempre lutando no máximo, para conseguir viver com o mínimo.

***

Sempre tive muito medo de chuvas, em especial das tempestades. Raios, trovões, ventanias eram fenômenos por demais agressivos, para mim, e tinha profundo pavor do que eram capazes essas forças da natureza. Quando criança, acordar com céus nublados era suficiente para me deixar nervosa e angustiada, e nessas ocasiões já acordava e calçava minhas sandálias com sola de borracha. Eram cor-de-rosa, tinham minúsculos corações costurados a linha nas tiras dos dedos e tornozelos, e sua plataforma de borracha fazia eu me sentir imune a qualquer raio que, eventualmente, invadisse minha casa. Se a chuva começasse a cair, e se mostrasse agressiva, corria com minhas sandálias até o escritório de meu pai, o som de passinhos curtos e apressados sob a sola de borracha ecoando por toda a casa. Não importava se estivesse muito ocupado, anunciava minha presença pela porta e ele, já sabendo o que eu fazia ali, oferecia um lugar em seu colo, de onde eu sairia somente quando a chuva parasse. Nos primeiros minutos, meu pai fazia questão de me entreter com alguma coisa boba, como por exemplo os tolos joguinhos infantis que tinha em seu computador, uma música que ele sabia que eu gostava, ou animações de bebês em 3D dançando sob uma música qualquer, que hoje certamente pareceriam sinistras demais para alguma criança achar engraçado. Ele fechava as persianas em madeira, a fim de que eu não visse a força da chuva, e em minutos eu estava entretida, esquecia-me o que acontecia lá fora, a não ser que um trovão muito próximo se anunciasse, e se acontecesse, perguntava a ele, toda vez:

– Nossa casa tem para-raios?

– Claro que tem, filha. Toda casa tem para-raios.

E então, num costume de arquiteto, imagino, explicava-me como funcionavam os para-raios, como eles se pareciam, e como os raios sempre caíam nos objetos mais altos a sua disposição, e nunca caíam no mesmo lugar, numa mesma tempestade.

Às vezes, fazia desenhos para que eu entendesse sua explicação. E sempre me incentivava a usar minhas sandálias de borracha.

– Dentro de casa você está segura, pequerrucha. Apenas não tome banho durante uma tempestade – ensinava-me.

O escritório de meu pai era caótico, e um ambiente nada saudável para uma criança; o ar-condicionado estalando em temperatura glacial, a televisão sempre num volume muito alto, transmitindo algum esporte, a mesa repleta de volumes de *La Gazzetta Dello Sport*, com suas folhas rosas, lutando por espaço contra dezenas de garrafas de Heineken, e de água com gás Caxambu, e tudo isso junto sob uma espessa névoa de cigarros mentolados Benson & Hedges, que deixavam teclado e mouse amarelados. Eu gostava de ficar ali, olhando meu pai trabalhar, digitando de maneira muito veloz, o barulhinho das teclas preenchendo aquele espaço vazio de silêncio, entre nós. Acredito que a quantidade de fumaça de cigarro, ainda que fizesse de mim uma fumante passiva, deixava-me um tanto embriagada, e em muito colaborava para que eu ficasse mais calma, apesar da chuva lá fora. E assim, quando a água cessava de cair, eu parava de balançar minhas pernas do alto do colo de meu pai, descia e saía para fazer alguma outra coisa que me divertisse. Os passinhos curtos mais uma vez ecoando pelas paredes da casa, enquanto corria até meu próximo destino. Nesses dias de chuva forte, permanecia o tempo todo com as sandálias de borracha, não ousava tirá-las, com medo de um raio solitário cair, mesmo muito depois de a chuva ter se distanciado.

Acho que tinha muito medo de chuvas, em especial as tempestades, pois elas se insinuavam infinitas, parecia que nunca teriam fim, e receava que com minhas lágrimas fosse igual. Se começassem a cair, descobrir-se-iam infinitas, e não cessariam jamais.

***

Fazia mais de ano que eu estava convivendo com crises de pânico. Sempre vinham sem anúncios, acometiam-me de repente, enquanto eu executava tarefas mundanas e nada desgastantes, geralmente no período da noite. A primeira delas foi uma experiência inominável, da qual pensei que morreria, que minha vida teria um fim trágico, porém um fim trágico patético e fora de época.

Uma noite de verão, as janelas de meu quarto estavam abertas, e eu assistia a uma série qualquer, no computador, e por fim decidi dormir. Deitei minha cabeça no travesseiro, e observava o teto, levemente iluminado pelas luzes da cidade, quando senti que algo se alojara no fundo de minha garganta, alojara tão bem que parecia estar lá por toda a minha vida, mas por alguma razão só havia notado agora. Uma sensação generalizada de mal-estar e desamparo me acometeu, e aquilo me fez levantar e começar a andar sem rumo, pelo território restrito de meu cômodo. Algo está errado, eu estou segura, mas não consigo entender o que, e aquilo me levou a um estado de alerta, como se algo grave fosse acontecer, e eu precisasse estar preparada. Meu coração disparou, fazendo minha respiração ficar ofegante. Não conseguia respirar fundo, para cada inspiração, conseguia expirar apenas parte do ar, e a sensação de ar precisando ser trocado com o mundo me trazia uma angústia pesada. Era como se minhas costelas fossem gaiolas, prisões que contraíam meus órgãos, ossos que me perfuravam por dentro e me envolviam em um abraço mortal. Tinha vontade de quebrá-las todas. Em seguida, tudo aconteceu de maneira rápida demais, comecei a chorar copiosamente, mas minha língua se enrolou e se acumulou no fundo de minha garganta, fazendo eu me engasgar, impedindo que o choro corresse como me satisfaria. Meu corpo começou a se encurvar, meus pulsos entortaram-se para dentro, e quando percebi, estava em posição mais que fetal.

Eu era apenas uma criatura assustadora, torta e fazendo barulhos ininteligíveis, jogada no chão de madeira. Aquilo durou minutos, longos minutos, vinte, talvez trinta. Pensei que ali morreria e ninguém encontraria meu corpo até que fosse tarde demais, e quando o encontrassem, não o reconheceriam. Permaneci ali deitada, mesmo após a massa em minha garganta se dissipar, e a sensação de alerta ir embora, e apesar de perceber que, o que quer que tenha se debruçado sobre mim naquele rompante, havia ido embora, meu corpo ainda tremia, e eu não conseguia articular sons. Levantei-me, fui em direção a minha cama, dormi de maneira profunda, e nunca falei sobre o que havia ocorrido. Depois desse dia, episódios como esse se tornaram típicos.

Certa noite, em uma época em que morávamos sozinhos, eu e meu pai, em nossa casa onde, um dia, haviam morado cerca de dez pessoas, a massa em minha garganta se impôs, e aquele tão familiar incômodo disforme, dentro de mim, se anunciou. Àquela altura, já estava experiente, e já havia recebido a notícia de que aquilo tinha nome, chamava-se pânico. Era sempre a mesma coisa, a inquietude esquisita, a vontade de manter meu corpo em movimento, a língua sem funcionar, a respiração e o coração exaustos de ofegar. Estava muito cansada, queria dormir, mas ao invés de arrefecer com o tempo, o incômodo crescia, crescia, tomava conta de mim, até explodir em um choro de desespero. Ao fundo, ouvia a televisão de meu pai, sempre no último volume e sua tosse insistente de quem fumou mais do que deveria, e uma vontade de estar com ele, naquele momento horrível, invadia-me. Senti que, apesar do descontrole de meu corpo, conseguiria caminhar até seu escritório, entrar em silêncio, sem necessidade de me justificar, e apenas restar ali, em sua presença, encolhida em mim mesma, retorcida como um galho no inverno. Senti que sua presença me faria bem, que aplacaria minha sensação de desamparo, que estar na presença de minha origem iria me oferecer o contorno que meu corpo precisava para não se fragmentar em milhões de pedacinhos. Mas não consegui, não encontrei coragem, e minha covardia venceu. Permaneci só, no escuro, com dor e com a sensação, mais uma vez, de que morreria. Morreria de angústia sem nome. Morreria de angústia sem nome em um milhão de pedaços quebrados e desencontrados.

***

Às vezes, decido que não resgatarei mais minhas memórias, que não contarei mais minhas histórias, não abrirei a boca nunca mais. Sinto que sou perturbada, e dividir meu mundo interno é perturbador. Ninguém quer ser perturbado. Não quero ser uma pessoa enfadonha, narcisista, obcecada por suas próprias coisinhas idiotas. Talvez eu possa me manter nesse sistema isolado, impedindo que todo esse conteúdo viscoso – que, de alguma forma, tornou-se tudo o que sou – contamine e importune os outros.

Decido ser uma pessoa serena, que o silêncio me cai bem. Engulo as minhas palavras e vou empanturrando meu estômago de conteúdo. Mas tenho um sistema digestivo preguiçoso, e sem colocar um tanto para fora, vou ficando enorme, e enorme, e enorme, até que explodo.

***

Em algum momento, na casa dos trinta anos, minha mãe descobriu um câncer no útero. Eu era recém-nascida, minha irmã tinha pouco mais de um ano, o que significava que minha mãe vinha de duas gestações encavaladas. Mal posso imaginar por quanto tempo o corpo de minha mãe não a pertenceu, viveu em função de sua prole, deixou-se espremer por suas crias.

A notícia do câncer foi devastadora. Enquanto minha mãe só conseguia assistir a desenhos animados que não exigiam qualquer exercício robusto de pensamento, eu ia mimetizando comportamentos adultos a fim de me preparar para um possível pior cenário. Não sei dizer quantos anos eu tinha, na época, tal acontecimento de nossa história é um tanto nebuloso e cheio de cicatrizes ainda por fazer, cada relato conta uma nova versão dos fatos. Mas sei que era pequena o suficiente para que mesmo esticando o braço, ainda fosse difícil entrelaçar minha mão na de meu pai, para que pudéssemos andar juntos pelos corredores estéreis do hospital onde minha mãe ficou internada. Pequena o suficiente para me encantar com a loja de presentes do hospital onde meu pai parava para comprar flores para o quarto de minha mãe. Pequena o suficiente para pensar que a perda de minha mãe era a realidade mais desesperadora que eu poderia viver.

Tenho poucas lembranças do que estava acontecendo no entorno, hoje fico pensando como será que estava a casa, os irmãos, os pastores-alemães, todo o resto. As únicas reminiscências são do meu terror, de minha mãe inerte assistindo desenhos animados, de meu pai fugindo do hospital, e dessa sensação esquisita e mal elaborada de que eu pudesse ter feito do útero de minha mãe um lugar hostil. De que, após nascer, deixara tudo devastado e cancerígeno. Maligno.

O tratamento de minha mãe seria a retirada do útero e sessões de radioterapia. Mas, uma vez na mesa de cirurgia, tendo em vista uma possível metástase, decidiram retirar também seus ovários. Minha mãe acordou com seu ventre oco.

No carro, para as sessões de rádio, agora com um vazio concreto dentro de si, ela tinha crises de pânico, e descia do carro em completa desorientação. Causava uma confusão no trânsito, como se quisesse que todos parassem, realizassem sua presença mutilada, e soubessem que ela havia "perdido sua casa", como ela mesmo diria décadas mais tarde.

Tal desfecho trouxe muitas heranças. Para ela, uma menopausa precoce, um evento perverso e cheio de consequências que permanecem até hoje, e incontáveis outras das quais jamais poderia imaginar, e das quais ela jamais contou. Para mim, ficou o pavor de perdê-la, a obsessão por transformar ambientes em lugares perfeitamente confortáveis, a sensação infindável de desamparo e uma fantasia muito poderosa de que, em certa medida, destruí a vida de minha mãe. E, como se para me punir, tento destruir a minha, em doses extremas.

Em alguns momentos, já adulta, percebo-me pensando sobre a desgraça que é ser o corpo de uma mulher. O que deve ter sido gestar dois bebês em sequência, precisar amamentar duas filhas ao mesmo tempo e, após toda essa odisseia, ter seus órgãos manuseados e jogados fora por instrumentos cirúrgicos, rotulados como órgãos mais que inúteis, nocivos. Que experiência solitária, eu penso, e tenho vontade de chorar.

Fui uma filha do puerpério. Arrepio-me de pensar que minha mãe, apenas seis meses após fazer nascer minha irmã, concebeu uma nova filha. Fantasio sobre as violências ao qual seu corpo esteve exposto, e tenho vontade de chorar mais uma vez. Sou louca de pensar sobre o ato que me colocou pra dentro do corpo de minha mãe? E se ela só quisesse descansar? Teve ela que levantar da cama, logo após, cobrir seu corpo nu, para logo após oferecê-lo a minha irmã, de ainda seis meses, que chorava de fome? Tenho permissão de fantasiar sobre isso? Estou entrando em território proibido?

Sinto-me minúscula ao pensar que posso ter sido cúmplice de um acontecimento tão absurdo, tão assustador. Escrevo um poema para minha mãe, um que ela jamais viu:

Não queria
Ocupar teu espaço
Estou
Desde então
Evitando
Te invadir

Mas o jardinzinho
Que reguei para mim
É pequeno
E ainda fraco
Posso crescer mais?

Certo dia, já adulta, vivo um dia terrível.

Não faz calor, mas me sinto mole como se o asfalto lá fora estivesse queimando. Sinto-me tão cansada que dói, não consigo me mexer sem sentir que aquele será o último movimento que terei como executar. Cada respiro gasta toda a energia disponível que tenho. Estou só, e começo a sentir medo. Uma dor forte em meu ventre insiste, e ao me arrastar para o banheiro sangue escorre por uma de minhas pernas. Uma quantidade horrível de sangue vermelho vivo, espesso. Sem saber como, chego ao pronto socorro e sou atendida de forma veloz, estou zonza, suando, no limite entre a lucidez e o delírio. Após alguns remédios e um sábio tempo, fico possivelmente bem, e recebo a médica:

– Parece que estamos grávidas! – ela continua falando de forma insistente, mas não escuto mais nada do que diz, sua primeira frase se repete em meu crânio, rebate por todas as paredes de minha cabeça, e de novo, e de novo, e de novo. Estamos? Estou?

Penso em como ela pode me contar uma notícia desse peso, com essa felicidade sem, entre muitas outras questões, pensar que entrei ali com uma das piores dores que já senti. Faço uma cara feia, franzo o cenho diante de sua petulante felicidade sobre o meu corpo. Ela fala algo sobre esperarmos mais alguns exames e pede que eu continue repousando. Sai de cena, e eu fico a sós com essa bomba desarmada.

Isso é estar grávida? Meu corpo se contorcendo em dor e expelindo sangue, minha energia completamente drenada a ponto de não conseguir piscar? Relembro todas as violências que viveu minha mãe, e tenho ódio por ser mulher. Como outra mulher ousa sorrir e fazer uma festa diante dessa prisão? Penso em morrer. E durmo.

Desperto com outra médica se aproximando de meu leito. Ela porta uma expressão séria e determinada. Pergunta-me se algum médico ou enfermeiro explicou-me a situação. Faço que não com a cabeça, pagando para ver se foi tudo um pesadelo, e ela vai me dizer que estou apenas com, sei lá, apendicite. Ela puxa, então, um banco de rodinhas e começa a explanar: – A princípio pensamos... Gestação... complicações... extrauterina... infelizmente...

Escuto apenas partes de sua fala, é como se sua voz latejasse em minha cabeça e só escuto os tempos das fortes pressões. É como se eu estivesse embaixo d'água e alguém gritasse comigo lá de fora, mas eu teimo em continuar afundada, sem ouvir nada. Recebi as mais impensáveis notícias no menor intervalo de tempo possível. Começo a gargalhar. A doutora pergunta se tem algo que eu queira falar, evidentemente confusa com minha reação. Digo que não, obrigada. Meu corpo defeituoso não pode seguir com a gestação, meu útero não recebeu o óvulo, talvez eu tenha também um útero hostil, quem sabe. Em seguida a doutora me orienta para os procedimentos de retirada do "conteúdo", que farão com que os sintomas que estou sentindo cessem. E em seguida me deixa sozinha de novo para que eu possa "receber a notícia". E ali fico, muito, muito tempo. Como recebemos notícias como essas? O que devemos fazer? Como devemos reagir? Estive gestando durante quatro semanas, sem nem mesmo saber. Estou gestando a morte, constato. Talvez eu tenha maltratado tanto meu corpo que ele tomou a decisão de que aqui jamais haveria a chance de gerar vida, talvez meu corpo estivesse traumatizado, como o corpo de minha mãe, exausto de ser usado, manuseado e maltratado sem seu consentimento, e tivesse tomado a decisão de que: chega.

Poucos dias após, realizaram a tal da curetagem, prometendo que fariam de tudo para que minhas chances de gerar vida ainda existissem, no futuro. Rasparam minhas trompas e expropriaram a vida que tentava se fazer ali, naquele ambiente tão inadequado. Parece que durou muito pouco, coisa de minutos. Um procedimento simples. Simples. Mais simples que extrair um dente de leite. Qualquer sintoma da gestação iria embora dali em diante, de maneira rápida. Não precisava me preocupar, disseram, o cansaço cessaria, as dores, a sensibilidade nos seios, o humor, tudo isso iria passar, disseram enquanto me olhavam como se eu fosse um bichinho abandonado. Não, olhavam-me como uma mulher falha, podre, uma mulher que merece pena por não conseguir realizar o seu destino divino. Queriam me convencer de que tudo passaria tão rápido que eu jamais me lembraria do que houve. Que os sintomas sumiriam, desapareceriam, e levariam com eles todo o resto. Meu útero seria uma casa abandonada, para sempre.

***

Nesse sonho, sou apenas uma testemunha ocular, ninguém sabe de minha presença. Minha mãe está grávida, mas carrega todos os seus filhos, de uma só vez, em sua barriga. Todos os filhos dividindo um espaço, ao mesmo tempo, em seu corpo. E então é chegada a hora, precisa fazê-los nascer, precisa ter seu corpo de volta para si, precisa oferecer seus filhos ao mundo. Começa seu trabalho de parto, um processo doloroso, cansativo, interminável. Nascem seus dois primeiros filhos, berrantes, enérgicos, cheios de vida, minha mãe chora e, ainda seres de mesmas células, os filhos a imitam, chorando todos os três em uníssono. A dor continua, e chega a hora de fazer nascer mais um, mas quando chega ao mundo parece que há algo de errado com esse último bebê. Comigo. Mãezinha está cansada demais, com dor de mais, sofrendo demais, e nem se dá conta de que há algo de errado com sua última filha. Faz que quer dormir, e descansar. Tiro os olhos de minha mãe pela primeira vez, e observo aquele bebê silencioso, chego mais perto, e mais perto, e vejo como pareço realmente mal. Como uma fruta que caiu do pé e agora serve aos corvos, uma fruta pisada, muito perto de atrair insetos. Meus irmãos permanecem em choro retumbante, como bebês exibidos de saúde. A parteira me cobre até a cabeça com uma toalha macia, e encosta em meu rosto delicadamente, fazendo uma prece. A mãe descansa, finalmente. Ninguém quer admitir a presença de uma criança defeituosa.

Acordo desorientada. Ainda é noite, e o relógio me conta que não faz duas horas que adormeci. Estou meio sem memória, e existir não faz sentido, naquele limiar entre sonho e vigília, sinto que estou na lua sem capacete. Então começo: eu sou eu, filha de minha mãe e meu pai, cresci na casa da rua tal, fulano, fulana, ciclano e beltrana são meus irmãos... E assim vou narrando minha vida até me posicionar nesta gravidade, e caio no sono novamente.

***

Sempre me falavam que eu era uma criança brava. Falavam tanto que eu achava que ficariam sem voz, mas nunca aconteceu, continuaram repetindo essas palavras minha vida a fio. Talvez estejam falando sobre isso agora mesmo. Eu mesma nunca consegui entender o que isso significava. Acho mais razoável pensar que as crianças são aquilo que os adultos querem que elas sejam, e não acredito que eu tenha sido especial a ponto de romper essa tradição.

As histórias que contam para comprovar que eu era, sim, uma criança brava, datam já do meu nascimento. Parece que eu nasci chorando muito, e parece que nasci chorando um choro bravo. Ao me retirar do corpo de minha mãe, o obstetra teria dito: "Este é o bebê mais bravo que eu já vi!". Uma frase superlativa demais para um bebê que acaba de vir ao mundo, e que foi visto apenas uma única vez. Mas após a autoridade médica definir que eu era o bebê mais bravo do mundo, ninguém ousou contradizê-lo. Outras histórias contam que eu costumava dar tapas em estranhos que tentavam encostar em mim, ou que eu não costumava sorrir quando adultos se debruçavam sobre meu carrinho e diziam como eu era linda. Uma das polêmicas narra que eu mostrava o dedo do meio para pessoas na rua. Eu não gostava de receber beijo, ainda hoje costumo limpar o rosto quando alguém me dá um selinho. Não gostava de aparecer em fotos, e por isso muitas das fotografias nas quais apareço estou com o rosto escondido, ou com uma expressão muito diferente da qual as pessoas esperariam uma criança linda posar para uma câmera.

Passei minha infância e juventude inteiras acreditando que era verdade que eu era uma pessoa brava. Sentia o peso disso como um destino traçado do qual não adiantaria eu tentar correr. Em muitos momentos, sentia que ser brava era maior que meu próprio nome. Como se eu não fosse mais nada, além de brava. Como se eu estivesse à deriva, e sem saber nadar, num oceano imenso e brava fosse minha única boia. Talvez o oceano fosse eu mesma. Se fosse, um dia teria de abandonar qualquer superfície e me deixar afundar nas profundezas de quem eu poderia ser. Para quem passa a vida acreditando não ser nada, além da única coisa que achava que eu tinha para ser, esse mergulho era assustador. Seria. Foi. É.

Certa vez, no carro, voltando da escola, após uma briga completamente idiota e inútil que travei com minha mãe, encontrei meus olhos no espelho retrovisor do motorista, e levei um susto. Nunca tinha visto olhos tão tristes, em toda minha vida. Demorei a constatar o óbvio de que se tratavam de meus olhos, claro. Nesse episódio de despersonalização, só conseguia me impressionar com a tristeza que aquele olhar exprimia, e não conseguia parar de mirar aquele reflexo. Fiquei tão obcecada que, logo após, reuni diversas fotos de minha infância, a fim de mapear meu olhar, identificar de onde ele vinha, em que momento ele apareceu. Qual sua história, sua genealogia.

E então, bem, entendi algo. Havia sido uma criança extremamente assustada. A criança brava, na verdade era triste e assustada. Como quem não entendeu que se está ali, que não teve tempo de elaborar seu nascimento e a radical existência. Tinha medo que encostassem em mim, tocassem meu corpo frágil, que as mãos e braços alheios me comprimiriam até que eu me fragmentasse em milhões de cacos. Tinha medo que me beijassem o rosto e em seguida me devorassem com suas bocas enormes e desejantes. Medo que, se eu sorrisse demais, meus dentes de leite quebrariam todos e se tornariam areia dentro de minha boca.

***

Por noites e noites era assombrada pelo mesmo sonho, tanto que num certo número de vezes que sonhei, já dentro do próprio sonho, dizia para mim mesma: "Bem, é aquele sonho novamente". Estava sempre num lugar alto, desproporcionalmente alto, de onde podia ver muito, quase tudo. Era uma paisagem bela, contemplativa, até que aparecia uma aeronave enorme, sem fim, e um pânico tomava conta de minhas entranhas. Eu estava certa de que o avião cairia e, só depois de eu sentir essa certeza, ele de fato caía. Explodia e pegava fogo. E de lá de cima eu tentava, a todo custo, entender qual parte da cidade havia sido devastada, em busca de saber se alguém querido pudesse ter sido atingido. Magicamente, como é típico acontecer, estou no meio dos escombros, ando pela fumaça, os destroços, o resto do que ali foi e não era mais, e me surpreendo que nada, nada além de estruturas inertes, foi atingido. Tudo está bem. Tudo passa bem. Ninguém se feriu, nada foi irremediável. E me pergunto como aquilo é possível? E acordo antes de conseguir me responder.

Acordava angustiada, após esses sonhos. Perturbada, até. Torcia muito para que o sonho se tornasse realidade. Não que aviões caíssem dos céus, mas para que tudo pudesse ficar bem, apesar da pior tragédia.

***

Quando quero escapar da realidade, tenho uma mania esquisita. Desenho no ar, com as pontas de minhas mãos, com os pés, ou mesmo a cabeça, formas geométricas. Minhas favoritas são o paralelogramo, o triângulo e o trapézio. Criam ritmos hipnóticos e em segundos estou em outra dimensão, dentro de minha mente. Se estiver me sentindo mais lânguida, desenho também símbolos do infinito, colocando-me numa espécie de dança calma, um balanço, um navegar confortável.

***

Além do familiar sonho das aeronaves que caem e não destroem nada de precioso, meu inconsciente tinha mais um favorito que soltava com frequência. Mudava apenas coisas de forma cosmética, a essência sombria e sinistra do sonho se mantinha: eu perdia todos os meus dentes.

Estou numa casa em ruínas, restam apenas paredes brancas, e ando por esses destroços, quando percebo que há algo de errado com meus dentes, eles estão moles, dançantes em minha arcada. Sinto uma aflição e medo enormes, e decido procurar minha mãe para que ela pudesse ver o que estava acontecendo de errado, ou pudesse me levar a um dentista, mas não a encontro, por nada, no meio daquelas estruturas estragadas. Então encontro um espelho pequeno e singelo, em uma das paredes remanescentes, e vejo que há um dente pendurado por uma raiz enorme e grossa. A situação dói, e na compreensão de que não terei como ir até um dentista resolvo dar cabo do dente eu mesma. Encontro no chão um tesourão de jardinagem e corto o cordão que mantinha o dente preso à minha gengiva. Em seguida, todos os demais vão secando, desidratando, feito frutas velhas, e caem, um a um. Acordo aliviada, passo a língua pelos meus dentes adultos e permanentes, e volto a dormir.

PARTE II

Meu pai bebia. Bebia para comemorar, bebia para sofrer, nas ocasiões especiais, nas ocasiões festivas, quando fosse oportuno e quando não fosse também. Ele bebia. Mais do que não saber a hora de parar, não queria parar. Queria beber. Gostava de viver imerso, de molho no álcool, brincando de sua própria realidade. O ambiente da fama seduz e permite uma vida de embriaguez, e isso dava licença poética para que meu pai se entorpecesse. Era chique, era sexy, era interessante. Mas em outros tantos ambientes não funcionava assim. A família era um deles. A bebida de meu pai embriagou a todos nós, e deixou um gosto ruim e uma ressaca duradoura da qual tentamos nos desvencilhar até hoje.

Grande parte de minha infância foi poupada dos vexames e conflitos advindos nesse inconveniente hábito de meu pai. Mas a bebida foi pivô do grande evento catastrófico que marcou, de vez, o fim precoce de meus tempos de ser criança.

Eu dormia em meu quarto quando, de repente, desperto com gritos e barulhos vindo dos fundos do segundo andar da casa. Permaneço um tempo ouvindo quietinha, da minha cama, enquanto meu corpo inteiro treme de medo dos efeitos desses barulhos. Ouve-se muito a voz de minha mãe, ela sempre teve voz alta e grave. Já meu pai, rouco de cigarro e com uma voz bem menos potente, ouvia-se bem pouco, mas percebia-se que gritava também. Os gritos de minha mãe me assustavam muito, bastava ouvi-la vociferar que eu era invadida por um sentimento de culpa, como se eu pudesse ter causado incômodo nela. Os gritos de meu pai não tinham o mesmo efeito.

Ainda na cama, com o corpo encolhido, percebo que os gritos estão ficando mais irados, e me encho de coragem para ir até lá, ver o que está acontecendo. Quando aconteciam interrupções como essa, no meu sono, dificilmente eu voltava a dormir plenamente. Eu ficava alerta como se a casa pudesse ser invadida a qualquer instante, ou qualquer outra coisa séria e grave fosse acontecer.

Afastei meu cobertor, e de pijama caminhei para fora do meu quarto, em direção ao escritório de meu pai, seguindo as vozes da briga. Fui recebida pelo frio congelante do ar-condicionado, sempre no máximo, e me fiz ser vista por meus pais, ele tipicamente sentado em sua cadeira, a sua frente a muralha de garrafas verdes de cerveja, e de pé, em frente à televisão, estava minha mãe. Quando cheguei ao escritório, olharam-me como se eu fosse um pequeno cordeiro, frente aos leões.

– Vocês estão brigando muito alto, será que poderia ser mais baixo? Estou tentando dormir.

Eu devia ter dez anos, no máximo. E, certamente não esperando esse tipo de intervenção, meus pais se surpreenderam.

– Está tudo bem, filha. Só estamos conversando. Pode voltar a dormir – respondeu minha mãe, vindo em minha direção. Meu pai fez algum comentário provocativo, sarcástico, e voltou a instigar a fúria de minha mãe, e daí os gritos recomeçaram. Grito também.

– Por que vocês não vão brigar na esquina, onde ninguém é obrigado a ser perturbado por vocês? Não somos obrigados a ouvir os gritos de vocês, estamos tentando dormir!

Ao fim da frase, eu já estava chorando. Achava realmente um desrespeito que pais pudessem se odiar nessa maneira, na frente dos filhos. Será que eles não entendiam o quanto isso era desorganizador? Para onde vão as memórias de criança dos adultos?

– Não quero mais ouvir os gritos de vocês, resolvam de outra forma. Aprendam a conversar!

Virei de costas e fiz minha saída retumbante. Voltei para minha cama, e continuei a chorar, baixinho, para não acordar minha irmã, que dormia profundamente na cama ao lado. Os gritos cessaram, mas a briga durou o resto de nossas vidas juntos. Minha mãe gritava porque meu pai estava bebendo demais, e ela já não aguentava mais arrumar suas bagunças, apaziguar suas desavenças, descobrir suas mentiras, remediar suas tragédias. Meu pai tinha um único método para lidar com todas as suas problemáticas: negava e fazia com que todos achassem que estavam loucos. Funcionava muitíssimo bem.

Após essa noite, se tornaram mais típicas do que eu gostaria as vezes nas quais eu interceptaria brigas de meus pais e tentaria aplacar a situação. Conforme fui performando esse papel, tornei-me muito habilidosa em forjar sensatez e racionalidade, a ponto de ganhar o título de "pessoa forte" antes mesmo da adolescência. Dentro de mim as coisas aconteciam um pouco diferente. Meu desespero era proporcional ao efeito que minha conduta e meu teatro tinham em meus pais. Quanto mais eles seguiam minhas súplicas e moldavam suas brigas para seguir minhas intervenções, mais desorganizada eu ficava, pois essa conjuntura evidenciava que, diante do caos, os adultos se faziam ausentes. Ou melhor, os adultos eram o próprio caos.

Aos poucos, e de forma nada consciente, fui nutrindo um medo de ser criança, mas um pavor de ser adulta. Imersa em um ambiente de pouca candura, foi preciso criar aversão à fragilidade e um profundo gosto pela mudez. Minhas criancices não tinham espaço. Ali, naquela fotografia, era preciso fazer cara de adulta séria e se comportar de maneira discreta. Foi a partir daí que tive certeza que era preciso ser invisível, e faria de tudo para chamar a menor atenção possível. Não apenas porque não gostava de ser notada, mas principalmente porque queria evitar ao máximo trocas com o mundo de fora. Tudo parecia tão ameaçador e bagunçado que se eu me permitisse ser invadida por essa intempestividade seria totalmente aniquilada. Na melhor das hipóteses, psicotizaria.

O tosco hábito de meu pai de beber além da conta me fez ter um pai instável. Não posso dizer que ele não existiu, mas sinto tristeza ao pensar que, para lembrar dele como meu pai, foi preciso nutrir as mesmas poucas lembranças, por toda a minha vida. A falta desse clichê protetor trouxe muita dificuldade de acreditar que eu seria protegida, face a qualquer perigo, e retirou de mim o talento de ter esperança. Quando uma situação ruim se instalava, crescia dentro de mim uma certeza de que tudo pioraria em uma espiral interminável. A espreita do mal era tão forte, que nem a melhor notícia ou acontecimento poderia marcar minha experiência o suficiente para que eu pudesse acreditar que coisas boas aconteceriam. O mal era como o suor alcoólico de meu pai, manchava tudo que tocava, podia ser quase imperceptível, mas estava lá, escondido nos detalhes.

***

Era início de minha vida adulta, quando reencontrei a Sra. M. para valer, numa tarde, sentada em um banco de praça na cidade. Vivia um tempo terrível, não somente naquela tarde, mas há meses, talvez nos últimos pares de anos. Sentia-me seca, oca por dentro, tão oca que imaginava que poderia ir deformando, aos poucos, minhas superfícies entrando para dentro de meu próprio esqueleto, como uma figura côncava. Como uma bola que foi abandonada, e jaz murcha no canto de uma garagem pouco visitada. As mutilações haviam voltado. Não comia mais. Carregava olheiras tão profundas que era como se eu e o sono jamais tivéssemos nos conhecido. Sentia uma solidão assustadora, um desamparo. Um desenraizamento. Era uma figura côncava, sombria e amarga.

Naquela tarde, andava pela cidade, caminhando por árvores arborizadas e contemplando a vida acontecendo, as pessoas sendo. Ali, naquele momento, enquanto minhas pernas me guiavam sem destino algum, ali podia sentir a certeza de que não voltaria nunca mais para casa. Não teria como voltar. Não faria sentido voltar. E não sabia explicar o porquê. Apenas não seria possível, apenas não teria cabimento. Caminharia sem rumo até que não desse mais para caminhar, até que meu corpo desistisse. Nessa época de minha vida fazia tudo e qualquer coisa com meus fones, imersa em notas que pudessem dificultar que os gritos que habitavam dentro de mim fossem ouvidos. Tinha medo que as pessoas ao redor pudessem escutar esses gritos. Tinha medo que soubessem que, além de ser côncava, sombria e amarga por fora, eu era assim também por dentro.

Começava a escurecer e, para tomar fôlego, deitei-me em um banco, observando o céu e as estrelas que já se insinuavam. Naquele ano, um raro fenômeno acontecia: era possível ver os cinco planetas mais brilhantes alinhados, no céu, de oeste a leste. Vênus, Mercúrio, Júpiter, Marte e Saturno. Fiquei emocionada de poder testemunhar tal acontecimento, e entendi que aquele deveria ser um dia memorável para mim. Um dia que mudaria tudo.

Observar o céu noturno era uma de minhas coisas favoritas de fazer, desde criança. O sonho de minha vida, se é que posso dizer que tive algum, era ser astronauta, e desde miúda investia tempo para conhecer sobre o espaço, os planetas, buracos negros e toda essa miscelânea. Colava adesivos de planetas na cabeceira da minha cama, lia livros sobre o universo e sobre foguetes, acompanhava a Nasa, e me imaginava um dia fazendo uma expedição em algum outro lugar do tempo e espaço. Existia algo sobre o universo que me encantava de forma eletrizante. A possibilidade de estar em um lugar vasto, onde o meu corpo não pesaria, onde eu seria apenas um objeto flutuante, sem qualquer importância, e sem qualquer petulância, me preenchia. Além do mais, achava os planetas fascinantes, suas cores, tamanhos, seus nomes, suas histórias. Júpiter era meu planeta favorito. Um planeta gasoso que vive em tempestades, formando assim nuvens coloridas que pairam em sua superfície, por tais condições, as nuvens de Júpiter parecem estar sempre dançando. Seu poderoso campo magnético é capaz de atrair uma quantidade enorme de satélites naturais em sua órbita. Seus anéis são formados por poeira cósmica, no entanto, uma poeira frágil e de fina espessura. Fiquei obcecada por esse planeta. Tão majestoso e ainda assim delicado.

Deitada naquele banco, já adulta, pensei em quão triste minha criança poderia estar, comigo, por não ter realizado nada de seu sonho. De nosso sonho. Dele nada havia restado a não ser uma foto de Júpiter no fundo de tela de meu celular. Não só não era nada perto de uma astronauta, como não era nada. Era apenas uma idiota deitada em um banco de praça, observando lugares onde nunca estaria.

E foi em meio a todas essas elucubrações que a Sra. M. se sentou ao lado de minha cabeça, naquele banco de praça. Nem mesmo levei um susto, ou me surpreendi com sua presença. Estava tão incapaz de viver alguma emoção que minha única reação foi levantar meu tronco do banco e me sentar para ficar na mesma altura que ela. Como de costume, se manteve em silêncio. E ficamos lá por algum tempo, apenas circundadas pelo som da vida, o trânsito, pessoas voltando as suas vidas pessoais, crianças saindo da escola, animais de estimação sendo passeados, a vidinha de todo dia se fazendo mostrar. E então ela se pôs a contar-me uma história. A história de Gilgamesh, um terço homem, dois terços deus.

Gilgamesh era uma criatura primitiva, uma mistura de figura real e mitológica da Suméria. Semideus, Gilgamesh era dotado de uma força sobre-humana, um deus tirânico e sádico, testando os limites de seu povo que, cansado de suas luxúrias, resolve travar seus excessos. Pedem à deusa Aruru que crie um ser à semelhança de Gilgamesh, capaz de o desafiar e destruir. A deusa atende ao pedido do povo e cria, a partir do barro, um ser que é deixado nas florestas, vivendo como um selvagem animal. Gilgamesh, tomando conhecimento de tal criatura habitando as florestas, ordena que seja levado à civilização e introduzido aos hábitos, mas assim que a criatura é banhada e arrumada, revela-se exatamente como Gilgamesh, e ambos confrontam-se com essa semelhança. Travam, então, uma primeira luta, que termina empatada e com o selo de uma nova amizade.

Juntos, Gilgamesh e seu semelhante partem para aventuras, em busca de desafios, e enfrentam criaturas temidas, mas então, após negar os desejos de uma certa deusa, Gilgamesh é retaliado por ela, que mata seu semelhante. Perturbado, Gilgamesh sai em busca da imortalidade. Mas nunca a encontra. E morre, enfim.

A história dessa criatura, um terço homem, dois terços deus, deixa-me inquieta. Sinto uma mistura de atração, curiosidade pelo sombrio e repulsa pelo sinistro. Resolvo voltar para casa, e fico o trajeto inteiro pesquisando sobre Gilgamesh, investigando sua história e seu fim trágico. E nesse trajeto decido: hoje será, sim, um dia memorável para mim, hoje é o dia que morrerei.

Chego em casa, sento-me à mesa com minha mãe e começo a lhe contar sobre a história de Gilgamesh, a criatura um terço homem, dois terços deus, que teve sua vida destruída pela sombra de si mesmo. E quando acabo de contar a história, começo a contar de novo. E conto, repetidamente, até que morro.

***

Decidi morrer algumas vezes, em minha vida. As vezes em que mais levei a sério essa decisão aconteceram no mesmo ano. Mas morrer não é uma tarefa fácil. Exige coragem, é tão assustador quanto mergulhar em si mesmo, nas profundezas de nossas entranhas nojentas e sinistras. É preciso ter coragem de olhar monstros nos olhos. É preciso ter coragem de olhar a si nos olhos. Naquele ano, o ano em que decidi morrer diversas vezes, olhei-me muito nos olhos. Eu tinha esse hábito, de parar na frente do espelho e me mirar, de conversar comigo para entender até onde estava disposta a ir, para morrer. Seria preciso estar disposta a ir muito longe.

Comecei a pensar que a morte poderia ser uma escolha quando parei de dormir. Passava as noites no escuro, sentindo uma dor imensa dentro de mim, que crescia em ondas e tomava conta de todo o meu ser. A dor me abraçava sem me envolver, e era como se impedisse que meu sangue circulasse, que a água chegasse em todos os meus ramos, e eu começasse a sentir que eu desidrataria, começaria a ficar petrificada como um objeto vulcânico e, por fim, viraria cinzas, pó. Gemia de agonia, me contorcia na cama e quando começava a flertar com um estado de enlouquecimento diante da dor, começava a orar. Rezava para todos os santos ou deidades. Deus, por favor, deixe-me viver ou mate-me de uma vez por todas.

Esse ritual tirânico se repetia todas as noites. Durante o dia eu vivia como um saco de ossos, a dor descansava sutilmente, mas minha vida permanecia totalmente caótica dentro de mim, desorganizada, rebatendo-se pelos cantos de meu corpo, minha vida era o pássaro que comete o erro de entrar numa casa e voa frenético, batendo em todas as paredes e janelas. Minha vida era o beija-flor com seu bater de asas lancinante, o beija-flor que não pode descansar. De noite, a dor acordava em sua total potência, quando eu tinha a chance de repousar, ela me tomava, alugava-me com sua insistência, e se mostrava completamente confortável em estar alojada dentro de mim. Cada dia os gemidos pioravam, e adicionei a eles o pranto, pensando que talvez o choro pudesse me ajudar a botar para fora alguma coisa, um grito, um grunhido, um pedido de amparo. Nessas noites, comecei a chorar tanto que abria minha boca até o máximo que ela conseguia, mas sentia que precisava abrir ainda mais e não era possível. Fazia coisas com meu corpo, pulava, jogava-me no chão, beliscava meu braço, cortava minha coxa, nada parecia aplacar esse demônio que se alimentava de mim. Certa vez, após cortar o lado interno de minhas pernas, usei minha tesoura de cabelo para, pela primeira vez, cortar minhas mechas, na tentativa de mudar alguma coisa, mudar de pessoa. Também não funcionou como eu gostaria. Continuei com dor, mas agora com um cabelo desigual e malcuidado. Parei de dormir, parei de sonhar, estava tão cansada, tão exausta. Queria tanto poder descansar, queria tanto voltar a sonhar. Foi aí que decidi que iria morrer.

Interessa-me pouco divagar sobre as primeiras vezes que escolhi morrer. Faço de vez em quando como uma forma de entender como cheguei aonde cheguei, mas sei que foram escolhas desesperadas, obscenas, até. Incomoda-me lembrar delas. Mas naquele dia, naquele dia que conheci a história de Gilgamesh foi diferente. Estava calma, serena, até. Sabia que aquela era a única forma de dar destino e vazão à minha dor e finalmente descansar. Como queria descansar! A vida acontecia normalmente ao meu redor, quando decidi morrer, ninguém nem imaginava o quão cansada eu estava. Isso era uma insanidade, eu pensava, como ninguém percebia que eu estava prestes a morrer? A instantes de deixar de existir aqui? Hoje isso me causa azia. Pensar que importunei a paz dos outros com minha morte. Assaltei suas consciências tranquilas diante da ilusão, da fantasia de que eu era uma moça contente e cheia de esperança. Um broto de flor ainda com muito crescimento pela frente. Ninguém enxergava as mesmas raízes que eu, secas e estragadas. Viam-me bela, rosada, uma donzela. Que decepção minha morte deve ter sido para eles.

Antes de estar diante de minha mãe, e morrer, estive diante do espelho, para conversar comigo uma última vez. Toquei meu rosto e limpei minha última lágrima, meu rosto tinha já um semblante mais leve, de quem sabe que vai poder finalmente se acalmar. Meu pulmão não sofrerá mais, não precisarei mais respirar com dificuldade, não precisarei mais respirar. Meu corpo impuro e impróprio não terá mais qualquer significância, meu choro não fará mais barulho, e minha pele não precisará mais amortecer com feridas o contato com o mundo. Sequei as lágrimas com a barra de meu vestido bordado, respirei fundo com toda energia que meu fôlego fraco permitiria, alcancei meu reflexo, encontrei mão com mão através daquela superfície gelada, e saí, ansiosa para abraçar a morte, derreter-me em seu corpo, desmanchar-me.

***

Não tenho registros de minha morte. Ao contrário de como acontecem nos filmes, não vi a vida passar sob meus olhos, não tive uma epifania, não estive em um corredor de passagem para pensar se queria, ou não, ir em direção à luz. Minha morte foi apenas um escuro vazio sem registro. Não saberia dizer por quanto tempo morri, tampouco. Sei que morri, e sei que me trouxeram de volta. Onde estava enquanto não me traziam de volta? Morta. Não estava em lugar nenhum. Estava apenas morta.

Acordei sem reconhecer o ambiente ao meu redor. Não era minha cama, não era meu quarto, não eram minhas roupas. Sentia um cheiro artificial forte, de limpeza, de coisa falsa. Em meio aos sucessos e fracassos em tentar manter os olhos abertos, vi em meu pulso uma pulseira vermelha escrito em letras cavalares "RISCO DE QUEDA". Passo meus olhos pelo resto de meu corpo e vejo que tenho fios e adesivos colados por todos os lados. Sinto muito frio e sede, e quando levo a mão em direção à boca percebo que passa um tubo grosso por minha garganta. Não consigo mais manter os olhos abertos, e volto a um estado de ausência de consciência.

Minhas primeiras experiências de vida novamente são entrecortadas e caóticas. Sons metálicos, apitos constantes, mãos desconhecidas manuseando meu corpo, muito frio e muita sede. Quando vejo, vejo sombras, apenas silhuetas. Fico desconfortável, sinto-me em um ambiente hostil e que me recebe de má vontade, e lembro, por contraste, que esperava encontrar o abraço carinhoso da morte. Faço uma força olímpica para me manter de olhos abertos e entender em que tipo de purgatório eu posso ter ido parar, considerando agora que talvez essa espécie de mito seja mesmo verdade. Talvez a religião estivesse certa, afinal. Levo a mão à garganta e em seguida à boca, quando uma voz me atravessa:

– Não posso te dar água, pois você está entubada, mas posso molhar seus lábios e você se sentirá mais confortável.

Era uma voz estridente, algumas oitavas mais altas do que o necessário. Um algodão gelado e úmido passa por meus lábios e eu penso sobre o que acabo de ouvir. Olho novamente para aquelas palavras se anunciando em meu pulso, naquela pulseira vermelha de papel, e vejo a estampa da roupa que estou trajando. A percepção é radical, me cai como um objeto em queda livre, e sinto-me mais triste do que nunca. O peso de meu corpo se faz presente e denuncia minha tão inconveniente e não desejada concretude. Durmo.

Quando volto a acordar, sinto como se dias tivessem se passado. Abro os olhos e vejo minha mãe em uma cadeira, no canto do ambiente. Está sentada e dorme com o casaco cobrindo seu colo e ombros. A fragilidade daquela cena me corrói, os apitos continuam constantes. Apesar dos fios e cabos, tento me virar de lado e me encolher em uma bola muito pequena, na tentativa de ficar minúscula e sumir dali, desejando que agora desse certo. E perco a consciência mais uma vez.

Desperto e então posso ouvir e perceber tudo com mais clareza, como se agora eu pudesse circular entre os diferentes planos com mais agilidade. Entendo que não estou morta, mas me tratam como se eu estivesse, e se aproveitam do fato de eu não poder falar para conversarem comigo unilateralmente, como fariam com um defunto num caixão aberto. A primeira acho que foi minha mãe, perguntando-me como pude fazer aquilo com ela. O segundo foi um doutor, ou talvez o que deveria ser um doutor, contando-me que fui um milagre, que não sabe como conseguiu me trazer de volta, que fui muito egoísta, e por último uma doutora, que gostou da fala do primeiro médico, e disse-me também que eu era uma inconsequente e irresponsável.

Sentia-me ridícula, mais insignificante do que se estivesse morta. Se estivesse morta teria recebido mais respeito, pensei. Ninguém tinha falado o principal: como eu era inútil. Como não conseguia, nem mesmo, fazer algo tão essencial direito. Não fiz o suficiente nem para me sair vitoriosa de meu próprio empreendimento, e nem para que entendessem alguma coisa do que havia feito. Agora não somente não estava morta, como era um milagre. Como reagiriam os beatos se soubessem a origem de meu milagre? Seria santa ou pecadora?

Sentia de forma palpável a raiva e a retaliação que recebia da equipe médica daquele hospital. Cada profissional que manipulava meu corpo plugava cabos nos incômodos adesivos que tinha colado em todo meu peito, ajustava líquidos misteriosos que entravam por minhas veias, cada um noticiava "Te trouxemos de volta!", num tom habilidosamente misto de raiva, provocação e arrogância que permeia com talento aqueles que manuseiam a vida e saúde alheias. Noticiam como quem gostaria de me deixar claro a quem pertence minha vida, e minha morte, e que nenhuma delas pertencia a mim. Ali, diante daquela situação entendi mesmo que não pertenciam. Trazer-me de volta era uma quebra manifesta de meu consentimento. Ninguém ali parecia ter dúvidas de que eu morrera com intencionalidade, e, portanto, reanimar-me era ir contra qualquer ato de minha permissão. Aquela era mais uma experiência para adicionar à comprida lista de vezes em que eu, não coincidentemente mulher, havia tido meu consentimento violado. Minha dignidade amassada, cuspida e picotada em retalhos e jogada numa lixeira não reciclável.

É curioso o repúdio que a morte sofre. É tão normal negar a morte, que se entende por consenso que não se deve cuidar da vida dos outros, mas a morte dos outros é de tutela e interesse de todos. Meus prantos e gemidos de dor eram tão altos, e ainda assim não perturbavam ninguém, não entendo como meu silêncio ou ausência podem ter sido tão ofensivos.

***

Nunca conversamos sobre minha morte. Tratava-se de um assunto proibido e enfadonho. Se por algum acaso fosse inevitável falar sobre o ocorrido, era obrigatório abordá-lo por códigos, enigmas, mas jamais falar as palavras corretas e verdadeiras. Essas não, essas eram por demais pesadas e sujas. De repente rondava em minha história uma espécie de espectro religioso fajuto. Eu fazia parte de alguma categoria de milagre, mas carregava uma marca, uma sujeira da qual passaria o resto de minha vida tentando limpar ou disfarçar. Como Caim, que carrega o castigo na testa, a marca inescapável que revela sua podridão.

Onde quer que eu fosse, sentia que precisava me desculpar pelo que havia feito, e em seguida, desculpar-me por ter falhado no que havia me proposto a fazer. Mesmo se estivesse entre estranhos, sentia-me no dever de me redimir, a sujeira, a marca, fazendo-se claras em meu corpo, em todo o meu ser, anunciando que eu era um enorme e ambulante pecado. Cada olhar que caísse sobre mim vinha com a sensação de que eu deveria ser queimada e castigada por ser uma menina má e desobediente.

Mas o desconforto em ser sempre lembrada de que eu era uma péssima convidada em qualquer lugar foi passando. Uma vez que era inevitável, tornou-se também totalmente previsível e normal para mim. O que me assombrava era outra coisa, era a perda de minha própria história de morte. O silêncio e a recusa de todos, ao redor, de sequer mencionar o fatídico dia fazia com que eu não tivesse qualquer informação sobre como se deu minha morte e meu retorno. Essa era a mais concreta evidência de que nada me pertencia, eu perdera o direito de ser detentora de minha narrativa.

Sabia que minha mãe me odiava por isso, odiava-me por afrontar a vida que ela, com tanto custo, angústia e sofrimento, havia me concedido. Ao escolher morrer, desrespeitei o fato de que, na verdade, minha vida pertencia a ela. Eu era uma ingrata. Mas além disso, sabia que ela me odiava também, pois, ao escolher morrer, estaria lembrando a ela de que ela mesma já quis que eu morresse. Que nunca tivesse existido. E essa lembrança ela não poderia carregar. Como castigo para tudo isso, minha mãe nunca me contou mais do que o mínimo sobre o que aconteceu, naquela noite e no tempo em que estive internada no hospital. Até hoje, se passamos nas redondezas desse hospital, calamo-nos, como se fizéssemos um minuto de silêncio em referência a uma grande tragédia. Era preciso ser justo, porém, e reconhecer que embora ambas tivéssemos vivido uma tragédia, tratava-se de tragédias muito diferentes. Para minha mãe, era trágica a descoberta de que eu tinha domínio o suficiente de minha vida para fazer dela o que eu quisesse. Para mim, a tragédia era que ainda me faltava o domínio necessário para fazer de minha vida o que eu quisesse dela.

Ao escolher morrer, transformei meu corpo em um campo de batalha, em um cenário de uma guerra por território entre mim e minha mãe. Ela estava ali reclamando que meu corpo e minha vida eram, na verdade, propriedade ela. Reivindicando o direito dela de determinar como meu corpo deveria existir. E ela tinha razão. Mas eu não estava disposta a construir uma solução de dois estados. Alguma de nós sairia perdedora daquele conflito.

A história de conflito entre nossos corpos data de muito tempo. Acho que minha mãe teve certeza de que me odiava quando parei de mamar. Com apenas três meses de vida resolvi que o leite de minha mãe não me servia mais. Mais do que isso, não havia alimento que me servisse. Nada do que ela me oferecesse eu aceitaria. Negava qualquer nutrição como se tudo estivesse tomado de terror, como se tudo fosse um leite angustiado e persecutório, que me envenenaria por dentro. Até hoje, minha mãe conta essa história num tom de quem diz: "Pode acreditar nisso? Minha própria filha? Rejeitando meu peito?". Sinto no deboche dela a presença de, na verdade, um misto de tristeza, culpa e ódio. E reflito que, minha relação com minha mãe sempre foi, e sempre será marcada por amor e tristeza, culpa e ódio. Em algum lugar de sua pessoa, talvez bem no fundo, escondido, minha mãe sempre achasse que o mundo não era bom o suficiente para me receber, só que o mundo que me recebeu não era simplesmente o mundo, era seu corpo. Já eu, em algum lugar de minha pessoa, sempre achei que fui eu quem estraguei seu corpo, sua vida, e que teria de viver toda a vida tentando reparar esse erro.

Parar de comer aos três meses foi o primeiro ataque à vida que performei. E a primeira tentativa de separar meu corpo venenoso, do corpo envenenado de minha mãe. Durante minha infância e juventude o tema da alimentação sempre foi espinhoso. Não gostava de comer, vivia apenas com o mínimo, o corpo sempre fraco, doente, anêmico. Detestava comer fora de casa, o que acontecia com muita frequência, já que meus pais faziam parte da cena gastronômica do país. Minha solução era comer sempre a mesma comida. E fazia uma tentativa de conciliação, pedia para minha mãe me explicar tudo o que tinha em cada um dos pratos, e olhava para ela como quem suplica para que lhe seja oferecida uma coisa boa, ao que ela respondia: "Pede o

Linguado com batatas, você vai gostar". E então comia linguado com batatas em todos os restaurantes.

Na adolescência passei a contar calorias, vomitar e fugir da comida. Gostava de me sentir vazia, limpa, e se comia parecia que algo me poluía, sujava, por dentro. As refeições eram momentos de profunda angústia, para mim. Exceto o macarrão de meu pai. Aos domingos me tornava a pessoa que mais adorava comer, e comia com fartura. Isso devia ser profundamente irritante para minha mãe. Comia com abundância a comida do pai ausente e imprudente que bebia demais, mas não aceitava o leite da mãe devota e sacrificadora. As crianças podem mesmo ser nefastas e irônicas.

A pintura mudou de cor, ao longo dos anos de nossas vidas, e na vida adulta passei a comer a comida de minha mãe. Começou aos poucos, comigo vigiando os ingredientes, vetando algumas participações, e rejeitando certas opções. Mas comia. E isso extasiava minha mãe. Passou a cozinhar muito, e se tornou um ritual nosso, cozinhar juntas. Eu auxiliava, cortava os alimentos conforme sua orientação, e ela preparava os pratos. Mas nunca cozinhava sozinha, para si. E demorou para deixar que eu cozinhasse para ela. Ainda hoje tem dificuldade de permitir que eu a alimente. Não importa o quanto exausta ela esteja, às vezes a observo e constato que, mesmo que estivesse morrendo, pausaria sua morte para encostar no fogão e dar de comer a sua filha.

***

A gente sempre mata quem a gente ama. Ouvi essa frase uma vez, deve ser de um grande pensador, agora não me ocorre seu nome. A mim faz muito sentido. Não consigo pensar em minha vida sem entendê-la completamente entrelaçada com a morte. A minha morte e a morte de minha mãe. A primeira vez que matei minha mãe, estive muito perto de enlouquecer. Assistia televisão com minha irmã, na cama de meus pais, era tarde da noite já, acho que assistíamos à última novela da programação. Meu pai estava na cozinha, fumando seus cigarros, sorvendo suas cervejas e assistindo ao futebol. E minha mãe estava no seu diário treino de tai-chi. Ela sempre chegava perto das onze horas, e se anunciava com o barulho da garagem e o som do motor de seu carro. Eram onze e meia, e ela não havia chegado, eu começava a ficar inquieta. Alguns minutos após remoer a angústia da não chegada de minha mãe, escuto um som agudo seguido de um estrondo muito grande. Pulei da cama, olhei para minha irmã e indaguei:

– Você ouviu isso? – estava ofegante.

– Ouvi o que? – ela diz, totalmente desinteressada.

– Um carro. Um acidente de carro. Algum carro bateu feio – eu já começava a ouvir sons de helicópteros.

– Não ouvi nada.

Os comerciais acabavam e voltava novela. Minha irmã não estava engajada nos mesmos estímulos que eu.

Meu coração batia disparado, e eu começava a ser invadida por uma dor e desespero muito grandes. Em minha cabeça, tinha certeza que minha mãe estava envolvida nesse acidente de carro que ouvi. E pelo som dos helicópteros, parecia feio. Daqueles que sai no jornal nacional. Não queria descobrir da morte de minha mãe pela televisão. Desci correndo para a cozinha.

– Você ouviu todo esse barulho? Está ouvindo os helicópteros? – perguntei ao meu pai. Precisava que alguém dividisse essa aflição comigo. Como ninguém estava se importando? Eram onze e quarenta e minha mãe ainda não tinha chegado. Eu era a única que me importava? Alcancei o telefone da cozinha e comecei a discar o celular de minha mãe. Caixa postal. Liguei de novo. Caixa postal. Estava começando a entrar em parafuso, com dificuldade de conter as lágrimas. Quando foi a sexta, ou talvez sétima vez que liguei, minha mãe atendeu!

– Mãe, onde você está! – a frase nem saiu em tom de pergunta. Parecia que eu estava revoltada com o fato de que ela ainda não havia chegado.

– Estou chegando, filha. Atrasei na academia. Em dez estou por aí – ela disse. Desliguei rápido, a ideia de minha mãe falando ao telefone enquanto dirigia não me agradava. Demorei para conseguir me acalmar. Em dez minutos, mais ou menos, ela chegou de verdade. E fui tomada por um outro problema. Ninguém havia escutado barulho nenhum. Nem carros, nem helicópteros, nada. Para todas as outras pessoas, a rua continuava pacata lá fora. Aquilo me perturbou. Vivi dez minutos de minha vida como se minha mãe tivesse morrido em um acidente de carro. Foi a primeira vez que entendi, em primeira mão, do que é capaz a nossa cabeça.

***

Achar que minha mãe tinha morrido era relativamente normal, para mim, quando criança, pois minha mãe era uma pessoa atrasada, e o tempo de espera para que ela chegasse, era um templo repleto de fantasias de terror, para mim. Como era uma criança marcada pela sensação de tragédia à espreita, não conseguia aprender com a experiência, e ao invés de viver um atraso como mais um atraso vivia cada atraso como uma nova possibilidade de ela nunca mais voltar. Mais do que não voltaria, ou morreria. De que ela me abandonaria.

Então, em determinada fase de minha vida, decidi que não sairia mais de casa. Simples assim. Um dia, na escola, pedi que minha mãe me buscasse mais cedo, e no dia seguinte não voltei. E não voltei pelo resto do ano letivo. O problema não era a escola, como ensaiaram as primeiras hipóteses dos adultos. O problema era deixar a casa, a família. Sentia que não podia ficar fora de casa, que se tragédias fossem acontecer, eu gostaria de estar no meio delas, gostaria de vê-las acontecendo e saber delas.

Um dos grandes acontecimentos daquele ano foi o casamento de meu irmão mais velho, um acontecimento que não teve começo, meio e fim, para o meu pensamento infantil. Um dia me despedi de meu irmão indo para a escola, e quando voltei, ele não estava mais em casa, havia ido embora. Seu quarto não era mais seu quarto, as infinitas Coca-Colas Light não ocupavam mais um terço da geladeira, de repente ele havia desaparecido. Talvez em algum lugar de minha cabeça só eu tinha o direito de desaparecer.

Claro que ficar em casa não impediram as coisas de acontecer. As coisas não nos pedem licença, são brutas, malcriadas, impõem-se e simplesmente acontecem. Tratava-se apenas de agradar a minha fantasia infantil de que eu era poderosa o suficiente para impedir que coisas ruins acontecessem. Em certos momentos, quando tinha medo de que algo pudesse machucar alguém que eu amasse, eu fechava os olhinhos, apertava-os bem, e fazia força com minha cabeça, como se com isso eu fosse embrulhar o planeta em um manto protetor e nada, nada, poderia acontecer de mau.

A infância tem suas belezas. Mas as belezas da infância são feias. Feias e tristes. O que sentir diante de uma pequerrucha que vive sob tanto medo e pavor de ver seus pais sofrerem que acha que possui poderes mágicos para protegê-los? Ou que acha que vai impedir, com seus minúsculos bracinhos, o mundo de cair sobre sua cabeça? Que abandona as brincadeiras e o aprendizado para cuidar da casa? Que deixa de dormir para apaziguar aqueles que a deveriam ninar?

***

Sonho um sonho belíssimo, parece saído de um conto de fadas. Tudo é pálido, com cores brandas e delicadas, e estou em um casarão enorme, repleto de janelas e escadas. Escolho um caminho que me agrada, e vou seguindo o som de um piano que toca uma melodia limpa e precisa, todas as notas com a mesma importância. Subo muitos degraus, e parece que subi até os céus, de tão alto. Tudo faz som, e meus passos vão ecoando em conjunto com a música que toca, ao fundo. Quando encontro um cômodo, há nele uma moça, a pele e os cabelos brancos. É ela que toca o piano, e veste uma camisola saída de séculos passados, e enquanto a música é tocada, seus cabelos lisos e brancos crescem, enormes, infinitos. Fico ali, paralisada, observando a cena que parece onírica demais até para um sonho. É tudo demasiadamente belo e idílico.

Ainda estou sem fôlego das escadas, e respiro muito fundo, para recuperar o ar perdido, mas respiro alto, e perturbo a tocadora de piano. Tudo acontece rápido demais. Ao som de meu respiro deselegante, a donzela retira sua bela mão de porcelana das teclas, interrompendo a trilha sonora campestre, e com o cessar das notas musicais caem seus cabelos, e também seus dentes, revelando uma criatura medonha e monstruosa. Dou um pulo para trás, perturbada, e ela retorna ao piano, voltando a tocar e seus cabelos voltando a crescer, fazendo dela, de novo, uma bela moça.

***

Éramos uma família grande. Em comparação às famílias compostas por pais e um casal de filhos, éramos uma família inconvenientemente grande. Éramos em sete, se contarmos pais e filhos. Mas sempre tínhamos agregados. Avós, primos, tios, amigos que são amigos demais e se tornam família. Éramos enormes e barulhentos. Estridentes, resultado da explosiva combinação entre árabes e italianos. A casa era grande, um entra e sai de pessoas, sempre cheia, o som era alto, os cachorros latindo, as panelas na cozinha, a televisão no futebol, o gol do Corinthians, o gol da Juventus, os gritos das crianças, o almoço de domingo, as brigas passionais. Uma família singularmente particular, ao mesmo tempo ordinariamente comum.

Nós e nossa casa éramos o centro de toda a parte viva dessa árvore genealógica, tios, primos, e todos os amigos que, porventura, tornavam-se parte de nossa família estavam sempre circulando por aqueles cômodos, sentando-se à mesa, jogando sinuca, fumando cigarros, e participando de Natais. Em casa, ouvia-se boa música, contemplavam-se belos quadros, comia-se ótima comida e bebia-se muito bem. Algo de pegajoso fazia com que as pessoas gostassem de estar por perto, contar aos outros que conheciam algum de nós, viver um lapso, um instante, do que era nossa vida. Uma espécie de feitiço.

Eu, a última filha, mais de vinte anos mais nova que meu irmão mais velho, era muito diferente da maioria de todas essas coisas sobre minha família. Era quieta, silenciosa, pouco simpática. Não tinha muitos amigos. Não era boa com grandes públicos. E não me parecia com minha família. E isso me causava vergonha.

Queria muito ser como eles, queria ser interessante, alegre, ter dentes bonitos, usar batom e sorrir de boca aberta, queria ficar acordada até tarde, queria saber conversar, elogiar os outros. Queria ser mais como eles, e menos como eu. Tinha vergonha de mim, uma vergonha que ia além dos defeitos do meu corpo, de minhas doenças e feridas alérgicas na pele, eu tinha também vergonha de meus traços, vergonha das minhas belezas, vergonha de não conseguir interagir com os adultos e precisar me esconder nas pernas de minha mãe. Tinha vergonha de não me parecer com meus próprios parentes, vergonha de ter olhos azuis, e não castanhos, de ter cabelo liso e claro, e não cacheado e escuro, vergonha de ser muito pequenina, quase franzina, vergonha de ter bochechas enormes, cílios enormes, tinha vergonha do geral de minha aparência. Era preciso ser muito afetivo a detalhes e nuances para perceber que eu e minha família compartilhávamos o mesmo código genético. Meu pai insistia que eu tinha o mesmo furo no queixo que ele. Achava aquilo triste. A que ponto ele tinha que chegar para narrar nossas semelhanças. Quase como se ele estivesse me fazendo uma caridade, encontrando ao menos alguma coisa para me dizer: "Calma, minha filha, você se parece com a gente sim".

Minha aparência era tão discrepante que foi tema de conflitos acalorados entre mim e minha irmã. Ela, que era apenas um ano e seis meses mais velha, era bastante diferente de mim. Um dia chegou a me dizer que eu era adotada, e acreditei, tendo finalmente uma resposta para o tão abismal hiato entre mim e minha própria família. Nessa época, procurava, curiosa, amigas de minha mãe que tivessem traços semelhantes aos meus, criei em minha cabeça a fantasia de que talvez uma amiga de minha mãe tivesse ficado grávida e não pudesse criar a criança, e por isso tinha me doado a minha mãe.

Eu e minha irmã tivemos muitos episódios de rivalidade, ao longo de nossos desenvolvimentos. Acho que minha irmã me odiava porque eu tinha cabelo liso e não precisava acordar cedo para penteá-los. Eu a odiava porque ela era brilhante e todos a adoravam. Era cheia de amigas, cheia de talentos, sabia das coisas, não tinha alergias, não ficava doente. Eu sentia muita inveja. Tentei tanto ser como minha irmã que a importunei nossa infância toda. Invadi seus espaços, copiei suas coisas, frequentei seus círculos. E quanto mais próxima eu ficava de poder ser minha irmã, mais ficava claro que aquilo nunca seria possível, pois minha irmã era minha irmã, e eu era eu. Quão mais parecida eu tentava ser de minha irmã, mais ficava clara a diferença entre nós. Fui uma irmã insuportável.

Acho que todas as brigas que já tivemos na vida, enquanto crianças e adolescentes, foi por inveja. Talvez ela tivesse seus motivos para me invejar, mas eu sei como a invejava. De alguma forma eu era sempre lembrada de que tinha algo muito desajustado sobre mim, e que esse desajuste jamais seria superado. Numa briga causada pela posse de um controle remoto, xinguei-a de gorda, e ela prontamente me respondeu:

– Posso ser gorda e emagrecer. Você é burra e será burra para sempre.

Ao invés de ter vontade de ofendê-la ainda mais, emudeci. Não tinha mais propósito de combatê-la. Ela tinha razão. Ela havia nomeado a maior de todas as invejas que tinha dela. Minha irmã era brilhante. A mim restava ser burra. Não importava o quão liso fosse meu cabelo, o quão azuis ou verdes fossem meus olhos, nem mesmo quão magra eu fosse. Eu nunca seria minha irmã. Eu nunca seria inteligente.

Numa outra ocasião, em um dia raro em que conseguimos almoçar juntas, eu, minha irmã e minha mãe, conversávamos sobre missão de vida, ou algo do tipo. Melhor dizendo, minha mãe e irmã conversavam, eu ouvia interessada, mas sem repertório para capitanear uma conversa como essa, ficava tácita, os barulhos que ouviam de mim eram apenas sons de meu garfo preocupado em enrolar o espaguete da forma correta, como uma verdadeira italiana deveria fazer. Concentrada em meu próprio jogo alimentar, soltei uma frase de forma inocente, uma frase que era na verdade um diálogo privado comigo mesma, mas que por um equívoco saiu em voz alta.

– Ah, eu acho que sei qual minha missão aqui, nessa vida – falei sem olhar para ninguém, os olhos fixos no macarrão em meu prato. Falei de forma despretensiosa, não sei se me levava a sério. Minha irmã riu uma gargalhada elegante, e falou em tom debochado:

– Você? Pessoas como você não têm missão nenhuma.

Pessoas como eu. Aquilo ficou em minha cabeça, como seriam pessoas como eu? Que tipo de pessoa eu era? Ela deixava muito claro que não éramos o mesmo tipo, a mesma categoria de pessoas. Deixava claro que eu e ela nunca ocuparíamos um mesmo espaço. Então era esse o tipo de ideia que minha irmã fazia de mim. Então eu era como esse tipo de pessoa. Esse tipo de pessoa que dela merece o riso de escárnio, o deboche. Pessoas que não tem missão nenhuma, que são ínfimas, desimportantes. Aquilo reafirmava tudo o que eu pensava de mim. Naquele momento nem poderia pensar que esse ataque de minha irmã significava que minha figura a incomodava, também, de alguma forma. Naquele momento aquilo me marcou como ferro quente, era um testemunho para minha hipótese de que eu era uma criatura ridícula.

***

Eu nunca soube nomear exatamente essa sensação, que me atravessou a vida toda, de que meus ossos se desmontariam, um a um, e eu jamais conseguiria juntá-los, ou remontá-los. Às vezes pensava se eu deveria me embrulhar, amarrar um laço de fita, assim como fazem com os presentes, para deixar tudo no lugar, impedir que os ossos pudessem cair e se quebrar. Mas eu não era um presente, e um laço de fita não daria conta desse desmoronamento.

Apesar de receber os contatos físicos intensos de forma muito opressora, apreciava carinhos mais sutis como ter os cabelos escovados, as costas afagadas levemente, ou minhas feridas assopradas. Nesses momentos, era como se os demônios que viviam dentro de mim pudessem adormecer um pouquinho. Era como se alguma paz pudesse ser acordada entre meu mundo interno e o mundo externo.

Minhas alergias de pele gostavam de perturbar minha noite, funcionavam no mesmo fuso horário dos fantasmas, e me impediam de dormir, inviabilizavam meu conforto e me deixavam muito inquieta, com vontade de arrancar minha pele. Se eu engajasse em coçar, mesmo que um tanto, aquilo se transformaria em um ato de violência, e eu coçaria tão forte que agravaria ainda mais a situação, transformando tudo em um enorme e feio eczema. Não conseguia controlar. Para me ajudar, nesses momentos, a babá que cuidava de mim saía da cama, sentava-se ao meu lado e esticava meus braços, revelando as dobras onde as alergias mais gostavam de ficar, e assoprava com um hálito fresco. Logo, logo, eu adormecia.

Esse tipo de carícia se transformou em uma espécie de portal através do qual eu conseguia circular entre meu mundo e o mundo dos outros. Ajudavam-me para que eu pudesse estar ali, presente, sem que eu me desmontasse. O carinho era a fita de presente que me envolvia e contava para meus ossos que nós pertencíamos juntos, unidos, montados.

Se estivesse sozinha, e vivesse a sensação de ter certeza de que iria perder parte por parte de mim, tentava acarinhar-me, eu mesma, mas não sentia os efeitos. Sentia que os ossos se desconjuntariam. Precisava ser um outro alguém. Uma pessoa outra que me embrulhasse, marcasse meu contorno, mostrasse quais eram minhas bordas, e me dissesse: "Te autorizo a ser inteira".

***

Certa vez, sonhei que era tarde, escuro da madrugada, e um som ecoava do banheiro, ao fim de um corredor comprido. A passos descalços e silenciosos eu caminho até esse ambiente de louça, e encontro uma moça sentada no chão gelado. As proporções são todas erradas e esquisitas, num momento a moça é pequenina e o ambiente gigante, numa outra piscada é o inverso. Continua escuro, e apenas a luz azul da lua entra por uma janela alta. Curvo-me na altura da garota, e percebo que sou eu mesma. Lá estou eu com um sorriso assustador no rosto, e os olhos vidrados, virados pra cima. Me afasto, com repulsa. Um após o outro, ela pega ossos de suas, minhas, nossas costelas, leva à boca e os mastiga. Um após o outro. O som crocante de meus ossos invade e treme minha cabeça. Ela continua sorrindo. Sinistro. Fico apavorada. Acordo. Não sonho mais por um considerável tempo. Fico sem coragem de sorrir. Abraço meus ossos.

***

Ser a última filha me fez acreditar que eu tinha uma relação diferente, mais especial com meu pai. Sabia que a bebida fazia dele ora um mentiroso consciente, ora um contador de histórias que se perdeu na fronteira entre sua ficção e realidade, mas tinha uma fantasia forte de que, comigo, para mim, ele não teria coragem de mentir. Acreditava de coração que ele sempre me falaria a verdade, principalmente se eu pedisse para que me falasse a verdade. Não era sempre que pedia, entendia a importância da ficção para ele, e não era de meu interesse desbancá-lo, sempre, de suas crônicas. Mas ele não compartilhava dessa mesma intenção. Mentia para mim. E eu sabia, toda vez que mentia. Pois eu também era uma mentirosa.

Ao longo de minha vida também criei minhas ficções, mas como não bebia, não perdia o endereço de minhas histórias, sempre sabia onde elas moravam, onde começavam e terminavam. Tinha compaixão pelas mentiras de meu pai, pois entendia o lugar delas para quem é prisioneiro da própria mente, e para quem se desconjuntou em relação ao compasso do mundo. E por isso, tentava, esforçava-me muito para não o expor, e não o confrontar, quando mentia para mim. Com suas mentiras, meu pai me ensinou a importância da imaginação, e que se eu tivesse uma imaginação criativa, jamais estaria só, e com ela poderia montar qualquer realidade onde quisesse viver. E se quisesse, de verdade, poderia fazer da minha imaginação, uma verdade. Com suas mentiras e ficções, meu pai me ensinou a importância de narrar nossas histórias, e apesar de toda a dor que sentia, cada vez que sabia que ele mentia para mim, aprendi muito bem o peso de uma mentira bem contada.

Meu pai talvez tenha sido a pessoa mais complexa e multifacetada que conheci, e conhecerei, em toda minha vida. Era alguém que tinha mesmo a capacidade de enlouquecer o outro. Em algumas discussões com ele, chegava a arrancar meus cabelos, e era comum que eu saísse sem voz, de tanto gritar. Implorava:

– Por favor, me fala a verdade. Não mente para mim. Não dessa vez, eu estou te pedindo, eu estou te implorando. – Mas ele não tinha piedade, mentia sem dó. Não tinha vergonha de mentir.

Certa vez, disse-me, muito sério, como sempre quando falava sobre escrita:

– Todo escritor é um mentiroso, Lina. Saiba disso, pois se quiser ser uma escritora, precisará mentir muito.

Era sempre ambíguo em suas máximas. Nunca fazia questão de explicar seu raciocínio, algo que me irritava, mas encantava profundamente.

Hoje acho que ele tinha razão sim. Menti muito para poder dizer a verdade.

Demorei para admitir, mas tive muita mágoa de meu pai. Sentia-me profundamente lesada por ter tido um pai genial que me custou um pai normal. Essa mágoa, silenciosa, corroeu-me tanto, por dentro, que não conseguia passar muito tempo na presença dele. Não porque sentia que poderia explodir e despejar nele toda a raiva que sentia, e o quanto tinha vontade de gritar, apenas para ser malvada, que havia sido um péssimo pai. Não conseguia passar tempo em sua presença, pois tinha medo de chorar e fazê-lo ver o quão frágil eu era, fazê-lo ver que sua ausência me fizera raquítica. Tinha medo, sobretudo, de que, confrontado sobre sua ausência caísse na tentação de mentir sobre isso, e a essa mentira eu não sobreviveria. Podíamos mentir sobre tudo, mas não sobre a verdade. Da verdade poderíamos apenas fugir.

Por causa da bebida, e do estilo de vida que tinha, sabia que meu pai morreria de maneira trágica, e sentia-me atormentada por esse evento futuro. Preparo-me para a morte dele desde menina. E tive certeza de que ele havia morrido algumas vezes, antes de ele verdadeiramente morrer. E por isso, também tive mágoa, essa sim, difícil de perdoar.

Estávamos tentando fazer meu pai parar de beber há algum tempo, e estava tudo muito difícil, em casa. A relação dele com meus irmãos mais velhos já estava bastante estremecida, e eu havia sido a única, junto de minha mãe, que restou em sua companhia, tentando fazê-lo entender que nós duas não daríamos conta. Havia voltado a morar no Brasil, larguei a Itália, a Itália dele, para ficar com minha mãe e ajudá-la, pois, ela jamais me contaria, mas sabia que as coisas não estavam bem com ele. Quando cheguei em casa, de volta, meu pai não me reconheceu. Estava entorpecido, nunca havia o visto tão magro, pálido, os olhos perdidos. Viu-me na cozinha, após tanto tempo, e começou a gargalhar. Não fazia a mais puta ideia de quem eu era. Que assustador. Foi minha mãe que anunciou meu nome, e então ele arregalou os olhos:

– Lina? Lina! – E quis me abraçar, mas eu o recusei. Naquela mesma noite, meu pai entrou em coma alcoólico na mesa do jantar, e enquanto todos os outros presentes na mesa se mexiam para fazer alguma coisa, eu me encolhi na cadeira, abraçando meus joelhos e fechando os olhos e tentando, a qualquer custo, ir embora dali. Ele largou sua cabeça, no pescoço, como se houvesse tomado um tiro, ou tido um ataque fulminante. Alguém conseguiu trazê-lo de volta, ao colocar muito açúcar em sua boca. Aquela noite foi o começo de um período soturno, em minha vida, que levaria anos e terminaria com o episódio de minha própria morte.

Algumas semanas após, algo ainda mais assustador aconteceu. Eu chegava em casa do estágio, havia me convencido de fazer valer o meu retorno ao Brasil, e me conformei ao curso tradicional e conservador de entrar no mercado corporativo. Chegando na rua,

Antônio, segurança que nos acompanhou tantos anos, correu em minha direção:

– Dona, tem algo de errado com Seu Silvio. Não estava bem quando entrou em casa. Não tem ninguém aí, e sua mãe foi ao supermercado.

Ele estava ofegante, com o olhar preocupado, e quando cheguei mais perto da casa, vi que sangue escorria por debaixo do portão da garagem. Fui acometida por um pressentimento horrível, que foi escalando para uma sensação iminente de pânico. Não sabia o que fazer. Não tinha coragem de entrar e ver o corpo de meu pai no chão. Não conseguiria.

– Antônio, entra lá e vê o que está acontecendo. Já me conta logo, mas eu não posso ver essa cena – estava tremendo. – Eu não vou conseguir olhar, não vou conseguir entrar, por favor.

E comecei a ligar para minha mãe, sem sucesso. Vivi aquele ínterim como se durasse uma eternidade, mas logo Antônio me tirou de meu torpor, avisando que não havia ninguém na garagem, apenas sangue. Meu pai provavelmente conseguira entrar na casa.

Dali em diante eu precisei continuar sozinha. Entrei silenciosa, como se o barulho que eu fizesse pudesse piorar a situação. Andava na ponta dos pés, e olhava os arredores, de forma quase superficial, num misto de vontade de fingir que nada estava acontecendo, com medo de olhar no detalhe uma cena gráfica demais para minha cabeça suportar. Subi as escadas enquanto ligava mais uma vez para minha mãe, e quando cheguei ao início do longo corredor do segundo andar de nossa casa, ela finalmente atendeu ao telefone:

– Mãe, corre para casa, pelo amor de Deus, ele caiu e está sangrando, está desmaiado no chão. – Desliguei o telefone, e meu pai estava no extremo oposto da casa, jogado, a cabeça sangrando. Corri em sua direção, rezando em pensamento para que eu não tivesse que ser a primeira a constatar que meu pai havia morrido. Mas ele vivia. Um corte no topo de sua cabeça sangrava, e ele estava acordado, mas nada lúcido. Não falava nada com nada.

Minha mãe chegou e ligamos para a emergência, mas meu pai se recusou a ir com os paramédicos, alegando que estava ótimo e só precisava dormir. Eu implorava para que eles o levassem, que não fossem embora, mas não havia nada que eles pudessem fazer, a lei era expressa e não poderiam levar o paciente contra sua vontade. Fiquei irada. Queria gritar com ele. "Como você ousa me fazer passar por algo assim? Que tipo de pai é você?". Mas não abri mais minha boca. Deixei minha mãe resolver a questão, e uma segunda ambulância veio, e o levou para o hospital, em seguida.

Até hoje, a cena do sangue escorrendo por debaixo do portão não me sai da memória. Fui marcada por essa imagem e, então, quando ele foi internado, mais uma vez, alguns meses depois, após um acidente que o fez precisar colocar uma prótese, entendi que dali para frente seria cada vez pior. Dessa vez, por uma fratura grave no fêmur, meu pai precisou passar por uma cirurgia, mas com um fígado extremamente maltratado, fomos avisados pelos médicos de que havia enormes chances de ele não sobreviver ao procedimento.

Estávamos em um importante hospital da cidade, um prédio alto onde, no último andar, havia um jardim de inverno, com janelas enormes de vidro, que davam vista para toda a metrópole. Devo ter passado a cirurgia inteira ali, contemplando, e me questionando como funcionava a vida. Por que precisávamos passar por tudo aquilo? Valia a pena se fazer essas perguntas? Poderia nunca mais falar com ele.

Ali, naquele dia, eu poderia me tornar órfã de pai. Ele poderia morrer sem eu nem ter a chance de falar nada do que eu gostaria de falar. E eu gostaria de falar muitas coisas, nenhuma delas agradável, mas muitas coisas.

A cirurgia foi bem-sucedida, e meu pai resistiu ao procedimento, mas agora viriam longos períodos de recuperação, e ele precisaria ficar um bom tempo ainda internado.

Ficaríamos, pois, os próximos seis meses entre tratamentos, altas e recaídas. Aquele hospital foi minha casa, além da casa de meu pai. Costumava revezar as noites com minha mãe, mas após ela precisar ir para outra cidade acompanhar meu avô, que também estaria internado, eu passei a morar no hospital. Minha rotina consistia em ir para o estágio, pela manhã, para a universidade à noite, e voltar para o hospital, onde, com sorte, eu fazia alguma refeição, tomava banho, e dormia um par de horas, nunca mais do que isso. Em poucos dias, tornei-me uma carcaça, um corpo inerte que apenas funcionava como máquina.

Meu pai teve uma recuperação difícil. Ficou desorientado em seu pós-operatório e tinha rompantes violentos, de madrugada, acordando corredores do hospital, sendo grosseiro com enfermeiros e tendo lapsos de memória intermitentes. Algumas noites não sabia quem eu era e gritava aos enfermeiros pedindo para que tirassem a estranha de seu quarto. Para não chorar na frente dele e causar ainda mais desorientação, passava as noites na capela, sempre vazia, e chorava sem pudor. Nunca havia me sentido tão só. Exausta. Destruída. Repartida. Desespero além de desespero.

Sentia-me completamente débil, não tinha mais respostas para as mais básicas perguntas, e não sentia que conseguiria mais encontrar algum sentido em minha vida. Após mais algumas complicações, meu pai realmente abandonou a bebida de vez, e seguiu um rumo que permitiu que vivesse mais sete belos anos. Mas eu havia definhado. Algo dentro de mim havia se quebrado de forma incontornável. Vivi meus últimos anos universitários de forma trágica, não havia conservado amigos, perdera o brilho de me tornar alguém com objetivos. Era apenas uma jovem com ótimas notas e totalmente obcecada em deixar de existir.

***

Após o ano dos acidentes de meu pai, nunca mais fomos os mesmos. A família, que já se equilibrava em um fio de linha, fraturou-se tanto quanto os ossos cansados de meu pai. E a casa, que um dia abrigou tantas histórias e tanta vida, agora ia expondo suas feridas e marcas do tempo. Nosso lar deixava de ser um ambiente de amparo e tornava-se um lugar hostil. Onde muita gente tinha vivido, agora havia apenas alguns cômodos em uso, e o abandono foi fazendo a casa enfraquecer. Não importava o quanto tentávamos cuidar da casa, cada dia se evidenciava mais uma rachadura, mais uma goteira, mais uma ferida. Por mais que cuidássemos das feridas, elas sempre voltavam.

Passei a viver em um lugar que não era mais. Não era mais a casa onde morei. Não era mais o cenário de minhas lembranças. Não era mais o ambiente onde me sentia segura. Não era mais. Era outra coisa. Era o fim de tudo o que havia sido. Agora, tudo o que ela poderia ser era um galpão enorme, vazio de sentido, onde as manchas na parede se insistiam como os traumas, que jogamos para debaixo do tapete, mas que sempre voltavam para nos assombrar. Apesar de inteira, era como se a casa estivesse em pedaços. Havia se perdido. Era uma representação do éramos nós: carcaças com paredes muito fortes, mas frágeis e repletas de escaras, por dentro.

***

Sonhei que não conseguíamos seguir em frente. Precisávamos nos reunir uma última vez, talvez não enquanto família, mas enquanto estranhos que compartilham as mesmas mágoas. Botamos fogo na casa, na nossa casa. Lembram-se, daquela nossa casa? Botamos fogo em tudo, nas fotos, nos tecidos, nos móveis. Incendiamos os afetos, os abraços, os risos, as lembranças. Queimamos nosso berço, e nossas raízes viraram cinzas. Os olhos de cada um de nós brilhavam diante das chamas. Éramos vermelhos e ardentes. E quando o fogo cessou, sem trocarmos nenhuma palavra, nem mesmo um último olhar, partimos. Sem laços, sem origens, sem sobrenome, apenas vazios. O que fizemos com nossa história?

***

Dias antes da morte de meu pai, perguntei se ele queria morrer. Essa era uma conversa que talvez só eu pudesse ter com ele. E entenderia se dissesse que sim. Mas disse não. Disse que viveria muitos anos, ainda. Sua cabeça estava funcionando tão bem que a salvaria, foi o que concluiu. Não o salvou.

Após seu último acidente, viveu ótimos anos. Agora, sem a bebida, poderia descobrir toda uma nova forma de ser, e eu poderia conhecer meu pai. Mas sabíamos que sua saúde estava comprometida, e que dali para frente seriam tempos de muitos cuidados. No sétimo ano sem beber, as contas de cinquenta anos vividos de forma hedonista começariam a chegar agressivas.

Eu havia saído da casa de meu pai, e começado a morar sozinha há um ano, quase que exatamente. Sair de sua casa foi tão difícil quanto viver, parecia-me impossível. Sabia que sair dali era a última chance que eu tinha de tentar encantar-me com a vida, mas sentia uma culpa arrebatadora, como se o tivesse traindo da forma mais perversa. Tinha medo de sair de sua casa, e ele adoecer, como tão frequentemente acontece com os idosos quando ficam sozinhos. Mas fechei os olhos bem apertados, tampei o nariz e mergulhei nesse sentimento de culpa, e por fim, saí.

No primeiro aniversário de meu pai desde que eu havia mudado, quis dar a ele um presente diferente. Quis lhe dar conforto e afago, mas ao invés de simplesmente ficar ali com ele, nessa data tão ambígua, comprei-lhe uma blusa de lã, que ele vestiu tão logo a recebeu.

Minha mãe, que morava com ele, sentia que meu pai não estava tão bem. Só aquela hipótese já me deixou angustiada. Começaria tudo de novo? Conversei com ele, pedi que fôssemos ao médico, e fui recebida com uma revolta digna de criança. Meu pai detestava médicos, e só chegou a conhecer algum, em sua vida idosa, em situações extremas nas quais havia perdido a capacidade de dizer não. Aquele foi um aniversário estranho, fui embora combinando com minha mãe que ela ficaria de olho, e qualquer coisa chamaríamos uma emergência. Não dormi bem a semana toda. Vivia agitada e dispersa. Quatro dias depois, no aniversário de meu irmão mais velho, meu pai foi internado. Aquilo me tomou de medo. Meu pai e meu irmão haviam tido um importante desentendimento, semanas antes, e aquela internação soava quase como uma vingança ofensiva.

Ele estava descompensado, disseram os médicos. Todo descompensado. Seria preciso interná-lo por alguns dias, e talvez fosse possível devolvê-lo ao prumo. Mas não tinham muitas respostas, tudo era na base do talvez, do estamos investigando e do estamos esperando os exames. E esperamos, e esperamos, mas poucas respostas apareceram. Quatro dias depois, foi transferido para a UTI, onde sofreu um dano neurológico que o fez perder o senso de realidade e ficar irritadiço. Eu percebia que, além de tudo, ele estava assustado. Não sabia que lugar era aquele, o que acontecia, por que não estava em seu quarto, com sua televisão no futebol. Era extremamente doloroso.

Não falo de toda a exaustão, nem mesmo de estar diante de alguém doente, em um ambiente repleto de outras pessoas doentes. Falo da dor de perceber a vulnerabilidade. A fragilidade daqueles que fazem parte de nossa vida. Cada dia que passava, meu pai se parecia menos com quem havia sido, por toda minha vida. Mal havia começado a, finalmente, conhecê-lo, e ele começava a se tornar outro. Revezava com minha mãe as noites, mas estava todos os dias no hospital, com uma vontade enorme de fugir dali, mas incapaz de não voltar mais.

Meu pai não conseguia mais ficar desperto. Era capaz de trocar apenas algumas palavras, antes de ser levado involuntariamente ao sono. Uma das noites em que passei, ao seu lado, no hospital, fiquei por muito tempo acordada, assistindo-o dormir. Não era um sono tranquilo, pacífico, de quem descansa, mas um sono-prisão, do qual lutamos para tentar nos libertar. Ele fazia muito enquanto dormia. Murmurava coisas, não sei se para conversar consigo, comigo, ou com alguém mais. E usava as mãos. Ali mesmo deitado, esticava os braços ao alto e usava suas mãos de forma incansável. Escrevia enquanto dormia, às vezes parecia que tocava piano, ou que regia uma orquestra. E assim ficava, minutos, longos minutos, até abaixar os braços novamente. Ninguém parecia se incomodar que meu pai só dormia. Recorria a enfermeiros e médicos, mas ninguém achava preocupante, ou tinha algo para me informar. Sentia-me sozinha, a única que lamentava seu desaparecimento.

Quando saiu da UTI, ainda bastante debilitado, encontrando-me a sua espera no quarto do hospital, meu pai pediu que eu tirasse uma foto dele, daquele jeito mesmo, pálido, magro e debilitado. Enquadrei a cena com a câmera de meu celular, ele abriu os braços, roxos de hematomas, e falou, para a foto, com a voz rouca:

– Eu voltei! – e eternizei aquele momento em uma fotografia que hoje é terrivelmente triste.

Dois dias depois, um dia após receber alta do hospital, meu pai teve uma parada cardíaca em casa, na cama, enquanto sua televisão gritava, como um dia qualquer. Usava a blusa de lã que havia lhe dado. Eu estava trabalhando, um dia importante para mim, e minha mãe me ligou. Sabia o que significaria essa ligação. Muni-me de uma tranquilidade, ao atendê-la, pronta para tudo. Podia sentir que ela tremia, não conseguia terminar as palavras, sua fala entrecortada. Contou que meu pai sofrera uma parada, e que ela tinha passado quarenta e cinco minutos fazendo massagem cardíaca, com os paramédicos ao telefone, orientando seus movimentos, até que a emergência chegasse. Haviam conseguido estabilizá-lo, mas eu sabia o que quarenta e cinco minutos em parada cardíaca significava.

Saí do trabalho e usei o trajeto até o hospital como uma oportunidade para desmontar. Esse momento havia chegado, então. Meu pai realmente morreria. Eu teria que enfrentar isso. Eu teria que enfrentar e atravessar isso. E ainda haveria muito o que atravessar pela frente. Chorei o caminho inteiro, conversando comigo mesma, dizendo para mim mesma que eu precisava conseguir passar por isso. Precisava estar inteira, em uma peça só, para passar por isso.

De repente, era como se toda a minha vida tivesse se invertido. Eu, que havia passado a vida recebendo notícias difíceis, era agora a portadora, a estraga prazeres, aquela que precisa pensar qual a melhor forma de comunicar o indizível. Isso era ser adulto, então. Tinha afinal crescido. O tempo tinha passado, e lá estava eu, pensando em como contar para meus queridos irmãos, da melhor forma possível, que papai não passaria dessa. Que era melhor que todos pudessem vê-lo, uma última vez. Como havíamos chegado até aqui? Quando foi que o mundo deu essa volta? Se meu pai deixar de viver, quem serei eu?

Após a parada, meu pai ficou alguns dias ainda ligado por aparelhos e altas doses de medicação. Esperávamos para que uma de minhas irmãs viesse da Alemanha, para ver o pai pela última vez, e poder estar com a família durante a tragédia.

Durante essa semana, parei de dormir, e não conseguia chorar. Sentia-me completamente atormentada pela ordem das coisas. Meu pai não achava que morreria, tinha convicção que viveria anos mais. E de repente estava prostado em uma cama, com mínima atividade cerebral, dependendo de artificialidades para continuar ali. Era como se tivéssemos sido capturados por um absurdo. Enquanto todos se preocupavam em entender, com os médicos, se ainda havia alguma alternativa, ou algum milagre, eu me dedicava a pensar sobre o consentimento. Meu pai não havia consentido com nada daquilo. Estava confiante de que havia voltado, e sua cabeça seria capaz de levá-lo ainda muito longe, mas nada de sua vontade, esperança ou crença havia sido respeitado. A possibilidade de que ele pudesse estar sendo enganado, ou violentado a morrer me corroía. Queria envolvê-lo em sua blusa de lã, uma vez mais, envolvê-lo no afago e conforto que um dia quis que ele pudesse encontrar. Mas não seria possível.

***

Onde estava a Morte, para que eu pudesse confrontá-la? Conversamos tantas vezes, porque não aparecia para mim, naquele momento? Sentia ira. Não havia nada que pudesse ser feito. Não só a cabeça de meu pai não o permitira ir longe como sua cabeça já não existia mais. Sua cabeça foi a primeira a partir. Fosse qual fosse o nosso querer, o corpo é o corpo, afinal. Naquela cama de hospital, a genialidade de meu pai, sua luz, seu brilho ofuscante, seu carisma, seu glamour, nada ali importava. Na hora da Morte, nada importava.

Antes de deixarmos que ele partisse, então, repousei minha mão sobre sua testa, e só pude lhe dizer uma única coisa:

– Obrigada por me ensinar a ler e escrever. Cubra-se de glórias e vá em paz.

***

Não é fácil crescer com um gênio. Meu pai nunca fracassou em nada que se propôs a fazer. Era brilhante e espetacular em todas as suas empreitadas, e encontrou sucesso por onde passou. Tudo era sobre ele. Nossa casa tinha fotos suas por todas as paredes. As estantes tomadas por seus romances e livros de gastronomia. A televisão ecoando sua voz, comentando o futebol italiano. Os jornais e revistas com seus artigos. Ele estava por toda a parte. Como crescer sob tamanha luz?

Talvez, pelo medo de ser sempre uma sombra, tenha escolhido tantas profissões completamente fora do repertório de minha família, na tentativa de fugir de qualquer parâmetro que pudesse atestar que eu havia falhado. Primeiro astronauta, depois marinheira, depois aeromoça. Essas foram as primeiras escolhas sérias que fiz, em minha vida, ainda bem pequena. Depois de adulta identifiquei que só escolhera ofícios que me obrigariam estar sempre longe. Aquilo revelou algo sobre mim. Que desde cedo quis fugir de minhas raízes, romper com elas. No entanto, eu não entendia, quando criança, que enquanto estivesse negando minhas raízes, estaria também as afirmando, e eu não conseguiria nunca fugir delas. Após um tempo, mas ainda criança, desisti de todo esse escape, e decidi ser jardineira. Parece que em algum momento tomei coragem de não fugir mais, mas fincar as raízes.

Certa vez, numa taróloga, numeróloga, ou talento do tipo, disse a minha mãe que o nome de meu pai significava luz, uma luz imensa, brilhante, tal como o sol. A gente nunca consegue decidir se acredita nessas coisas ou não, mas é interessante o quanto elas trazem um sentido danado para nossas dúvidas. Como rótulos que finalmente nomeiam o que há dentro de um recipiente, importando pouco se o conteúdo é mesmo aquilo que seu rótulo diz. O que importa mesmo é que agora temos um nome. Sem dúvida meu pai era o sol de nossa família. A única coisa que não entendemos, sobre essa profecia, é que o sol também queima, ofusca e produz sombras.

Todos, a sua maneira, foram eclipsados pela luz ofuscante de meu pai. Poderíamos ser inteligentes, carismáticos, habilidosos, eloquentes, sábios, sedutores e tantas outras coisas, comparados a ele, a sua altura? Nunca tive coragem de mostrar um único texto que havia escrito para meu pai. Nem mesmo redação de tempos do liceu. Sabia que ele faria comentários tão gentis que comprovariam sua elegância e sabedoria, sua sensatez, sua razão, e isso me destruiria. Sentir-me-ia a maior das impostoras. Orientaria que eu não usasse o gerúndio, essa forma verbal tão vulgar que nos deixa preguiçosos em explorar a riqueza de nossa língua. Faria pouco das minhas mesóclises. Questionaria minhas obsessões, porque gosto tanto de adjetivos. Diria que minha escrita é bonita, mas que devo praticar e nunca parar. Mas eu não daria ouvidos a isso, não me importariam o elogio ou o incentivo, paralisaria naquilo que eu pudesse transformar em humilhação. E me faria sentir um detrito.

Mas a maior de todas as sombras incidiu sobre minha mãe. Mais difícil que ser filho de um gênio, deve ser casar-se com um. Ao juntar-se com meu pai, minha mãe aceitou trabalhar para ele, administrar sua carreira e produções e garantir que tudo estaria acontecendo, nos bastidores. Uma função que meu pai jamais poderia performar, por razões óbvias além de tempo, e braço. Os bastidores são importantes, aliás, primordiais, para que o espetáculo aconteça. No entanto, os bastidores são invisíveis. Trata-se de sua maior qualidade, ser invisível para que a magia não perca seu brilho encantador. É o truque do ilusionista. Mas é também verdade que ninguém quer saber sobre o truque, pois tomar conhecimento dele, perceber sua existência, é matar a magia do espetáculo. Uma posição ambígua e pouco generosa.

Generosidade não é o forte do mundo para com as mães, que nascem para serem abandonadas. Um filho pode até esquecer que é filho, virar as costas, partir, renegar a mãe, até. Mas à mãe nunca é permitido o esquecimento de sua função. E raramente uma mãe é mãe apenas de seus filhos. Uma mãe é mãe de uma família toda. Minha mãe foi muito mãe. Continua sendo, e será, para sempre. Mas infelizmente, por ser muito mãe, pode pouco ser ela. Perdeu esse trem. Deixou toda a sua bagagem, com suas miscelâneas, lembranças, memórias, histórias, para que tivesse espaço para carregar todos os rebentos e a família. Agora, com os rebentos crescidos, desgarrados, e o pai da família tendo partido, tinha os braços livres demais, frouxos demais. O que faria agora? Quem a permitiria o tempo de recuperar suas coisas? Sua história? Sua vida? Como era mesmo seu nome? Carregava algum nome, além de Mãe?

Os últimos dias de vida de meu pai foram cercados de mulheres. Doutoras, enfermeiras, cuidadoras, eu. Mas sobretudo minha mãe. Parou tudo o que fazia, para cuidar dele. Quando entendeu que era preciso dar as mãos, não soltou até que meu pai desse seu último suspiro. Passou noites encolhidas, diminuindo seu tamanho para caber em uma cama desconfortável de hospital, apenas para não o deixar desorientado em um ambiente diferente de seu quarto e escritório. Vá para casa descansar, mãe, ele está desacordado, pode ir, eu dizia. Mas ela ficava. Acariciava a testa dele dormindo, segurava o canudo na posição certa para que ele pudesse se hidratar, fazia pedidos descabidos para as nutricionistas cederem aos seus caprichos alimentares. Foi devota.

Um dia após ter alta do hospital, meu pai teve uma parada cardíaca em casa. Sentou-se ao lado de minha cama, suspirou profundamente, e caiu para trás, seu coração tendo usado o último lampejo de energia para aquele suspiro ao lado de minha mãe. Hoje fantasio esse momento como repleto de muitos instantes, dentro dele. Vejo em câmera lenta meu pai, fraco, cansado, deitando-se de costas na cama, os olhos e boca abertos, e minha mãe, arregalando os olhos diante do que se confirmaria uma tragédia. Ela liga para a emergência, e recebe a mais terrível notícia de que terá que mantê-lo vivo com suas próprias mãos, ela possui agora o fino fio de linha que mantém a sensível vida de meu pai. São os quarenta e cinco minutos de massagem cardíaca esperando o socorro. Ela, a Mãe, a mulher, a invasora, a ausente de graça, o segundo sexo, com seus próprios braços e mãos numa guerra contra a morte. Braços e mãos brutos, que carregaram os rebentos, que cozinharam, pentearam seus cabelos quando precisavam ninar, cheios de linhas marcadas, pela história, pelo tempo, pelas angústias e pela secura. Quarenta e cinco minutos durante os quais a única coisa que importa era não fazer o pai dos rebentos morrer sob suas mãos. Aquilo seria inenarrável. Não seria possível sobreviver a isso.

Desgraçadas ou não, as mães conseguem tudo. E ao conseguirem tudo, conseguem nada. Minha mãe venceu a morte, e meu pai seguiu para o hospital com vida. Mas não seria possível evitar ser abandonada novamente. Meu pai morreria poucos dias depois, com mínima atividade cerebral. Ainda assim, fizesse chuva ou sol, a Mãe estava lá, nos dois horários de visita da unidade intensiva, esperando, cega de esperança de que algum milagre pudesse acontecer. A Mãe jamais desgarra. A Mãe jamais abandona. É apenas abandonada.

E aconteceu. Meu pai se foi. Mais uma vez era preciso encarar que, fosse filho, ou cria, ou mesmo marido, a Mãe faria tudo, poderia até vencer a morte, mas não poderia controlar o que sucede com a vida.

PARTE III

Quando jovem, adulta o suficiente para entender mais algumas coisas, o que entendi é que eu havia falhado. Falhado em viver e falhado em morrer. E aí, o que você faz com isso? Decidi que era preciso poder existir e falar do alto de meu fracasso. Pegaria todos os meus membros fragmentados, explodidos em pedaços, e os costuraria, um por um, em mim mesma. Jamais poderia fazer minha mãe ter seu ventre de volta. Continuaríamos ocas, por dentro, cada uma a sua maneira. Mas ao menos caminharia, esticaria os braços, estaria em movimento. Oca, mas oca em movimento. Havia me proposto a viver uma vida de tormento, entendi isso, e agora não poderia recuar. Se a existência e a morte eram absurdas, e o absurdo era uma verdade, o verdadeiro deveria ser mantido.

Foi apenas em franca entrada na vida adulta que comecei a me afastar, ao menos um pouco, do pavor que é ser criança, e tornei-me obcecada em sentir para fora. Queria tocar o mundo externo, performar o que sentia, e sentir o que performava. Eu, que sempre me sentira desconexa de tudo o que fazia, como se me demitisse de tudo, queria crescer e ser firme, intensa, real. Estava cansada de acontecer apenas em minha cabeça, queria acontecer para o lado de fora também.

Mas nunca consegui abandonar a garotinha que penso que fui, durante todo esse tempo. Mudei muito. O que me une àquela garota é a morte, essa experiência inominável que se debruçou sobre nós. Hoje esta garotinha me é tão estranha, mas não consigo abandoná-la, e tenho vontade de encontrá-la. Aparece em meu pensamento, frequentemente, mas sempre de costas, quase como um vulto, um fantasma. Sei exatamente quem ela é, com seus cabelos ainda dourados e cacheados nas pontas, que tivemos por poucos anos, e deram lugar a cabelos pesados, escorridos, muito lisos. Ela não me deixa olhá-la nos olhos, não me deixa conhecê-la.

Fui atrás de nossas fotos, na esperança de quem sabe poder entender mais sobre quem ela foi, sobre quem fomos. No entanto, as fotos já não me satisfaziam. Figuras bidimensionais, paradas no tempo, sem ritmo, não dão conta de todas as perguntas que tenho para essa menina tão franzina e assustada. Tão assustada que não pode me encarar. Gostaria de poder abraçá-la, eu acho. Dizer-lhe que talvez eu dê conta de seu medo, de sua confusão. Talvez ler a ela uma história, cantar a ela uma cantiga de ninar, ajudá-la a fazer uma travessia que nos foi tão difícil, e que ainda é repleta de buracos e atalhos mal resolvidos entre nós.

Quando chove, sobretudo nas tempestades de verão, torço para que ela apareça, e peça agora o meu colo. Mas ela nunca vem. Pergunto-me onde será que ela se esconde até que os trovões parem de ecoar, e o mundo de cair.

***

Sonho com uma floresta. É noite, mas a luz da lua é capaz de iluminar o meu caminho, e as estrelas de guiar meu percurso. Sigo com tranquilidade até que percebo um olhar sobre mim. Não há ninguém ali, apenas a presença de um olhar gigantesco, maior que o próprio céu, que o próprio universo. Observa-me, e me sinto compelida a começar a correr em direção à maré que se anuncia com seu som. Vou ficando cansada, e noto que meus pés vão ficando pesados e se transformam em raízes que me prendem ao chão. É preciso lutar muito para conseguir me desvencilhar, e chego suja e exausta, na areia. Lá, no meio entre floresta e mar, há uma enorme águia real. Aproximo-me do pássaro, deixando para trás minhas pegadas, e vejo que ela parece horrível, sem penas, bico ou garras. Mas ainda majestosa, o olhar profundo, sábio. Tento conversar com essa figura ambígua, asquerosa e impressionante. Digo que quero autorização. Autorização para estar viva. Ela olha-me profundamente nos olhos, e sinto-me engolida por seu olhar. Atrás dela, noto a presença de uma garotinha. Reconheço os cabelos, o vestido listrado, suas mãos e pés infantis. Encosto em seu ombro, puxando-a para que possa se virar de frente para mim. Acordo.

***

– Estou ingerindo apenas trezentas calorias por dia.

Começo assim a sessão daquela sexta feira. Fazia algumas boas semanas que eu não conseguia me alimentar, e pela primeira vez pensei que poderia ser um material importante para minha análise. Continuei:

– Sempre tive problemas e distúrbios com a alimentação, mas acho que, agora, tem algo diferente, e não tenho conseguido contornar.

Desde adolescente fazia acompanhamento nutricional, além da análise. A partir da adolescência, a questão com a alimentação começou a se tornar crônica, e sentia-me à beira do enlouquecimento. Manifestei meu desejo de fazer análise e acompanhamento nutricional, e estes foram generosamente concedidos por meus pais, que me incentivaram e apoiaram em minha vontade de me investigar.

Naquele ano, antes mesmo de levar para análise minha situação alimentar, recorri a uma nova nutricionista. Procurava alguém que pudesse entender outras coisas além do corpo. Encontrei. E ela, a nutricionista, me perguntou:

– Você está oferecendo ao seu corpo o mínimo para sobreviver. Por que você faria isso?

Não soube responder, mas de alguma forma, a maneira com a qual ela colocou a questão, atravessou-me e atingiu um âmago muito dolorido, dentro de mim. E, então, naquela semana ainda, na análise, repeti as palavras:

– Estou dando ao meu corpo o mínimo para ele sobreviver. Parece que estamos numa constante guerra, eu e meu corpo. Não sei por que preciso violentá-lo tanto.

Minha analista me indagou a razão de haver dividido com ela meu histórico de alimentação apenas após quase quatro anos de trabalho. Por que não havia feito antes e por que o fazia agora? Não sabia. Frequentemente ela me questionava as motivações que me faziam levar algumas questões para nosso trabalho. Frequentemente não sabia responder. Às vezes construíamos essa motivação juntas, às vezes ficava suspenso no ar. Mas sempre uma palavra ou uma frase me faziam terminar aquele encontro com um misto de maior angústia, mas também um sorriso no rosto.

– Você não está em uma guerra constante com o seu corpo. Você é o seu corpo. Vocês dois são um só – ela falou, gentilmente, e diante daquilo não pude mais reagir. – Mas você já não é uma menina, você é uma moça adulta, e já consegue se dar de comer. Agora, moça adulta, você decide se o que entra em você é veneno, ou nutrição.

Conseguiria? Era verdade que sabia me dar de comer? Cheguei a um ponto no qual nem mesmo fome sentia. Como dar de comer a alguém que não tem fome? Minha analista insistia em me mostrar que, quem ela via, diante dela, toda sexta-feira ao final do dia, era muito diferente de quem eu reconhecia ser. Seu voto de confiança me embrulhava como um presente. Era como se ela me mostrasse onde estava o início do novelo, a partir do qual eu desataria nós, ataria outros, e começaria a costurar tudo aquilo que estivesse espalhado.

Suas palavras ficaram comigo. Decidi que cozinharia para mim. Fui até a cozinha, enchi uma panela com água filtrada e coloquei em fogo alto para alcançar fervura. Em uma frigideira ampla e funda, com maior área de evaporação, como me ensinou minha mãe, coloquei três fios de azeite, dois dentes de alho finamente fatiados, e flocos de pimenta. Adicionei duas latas de tomate sem pele e, gentilmente quebrei os tomates com a ponta da colher de madeira, até que se tornassem purê. Uma folha de louro, sal, e uma colher de sobremesa de açúcar demerara. Poderia ser mel, também. Gostava de mexer sempre para o mesmo lado, uma superstição das avós para a comida não desandar.

Fiquei ali, entretendo-me com balanço do movimento circular, por alguns segundos, e depois deixei que o fogo fizesse seu trabalho de apurar o molho, voltando a mexer só de vez em quando. E quando pegava a colher de novo, fechava os olhos e entoava um pedido: "Me faça bem, me faça bem, me faça bem, por favorzinho, me faça bem". Era como se aquela colher comprida de madeira fosse uma espécie de varinha de condão, capaz de enfeitiçar o alimento e torná-lo encantado. Quando subiu fervura na água, adicionei uma pitada de sal, e enfim o spaghetti nº 12, nem tão fino, nem tão grosso. Com um garfo comprido, fui dobrando a massa, delicadamente, para que mergulhasse, por completo, na água, e em seguida, mexendo mais vigorosamente para que as fitas não grudassem, umas nas outras. Jamais colocar azeite ou óleo na água, insistia meu pai. Passavam-se os minutos, e provava o ponto da massa, sem deixar que perdesse seu ponto al dente. Uma massa mole demais é uma heresia. Melhor tirar antes, do que depois, uma regra silenciosa de nossa casa. Quando estivesse perto do ponto perfeito, escorria a massa e logo a incorporava no molho, para que não grudasse e pudesse terminar seu cozimento. Ficava a gosto adicionar folhas de manjericão, ou mesmo orégano, ao final. Naquele dia, não adicionei nada. Queria sentir o gosto do molho que tantas vezes embalou minha infância e emporcalhou minhas roupas e minha boca.

Comi chorando, e algumas de minhas lágrimas se misturaram à comida. Não sabia por que chorava. Mas parecia fazer sentido, então chorei. Fazia questão de enrolar a massa de forma perfeita no garfo. Era proibido cortar, e quando pequena demais para dominar o manuseio dos talheres, usava um garfo especial, com uma pequena manivela na ponta. Espetavam-se os dentes no prato e, segurando o corpo do garfo com uma mão, usava-se a outra para girar a manivela, de forma que os dentes giravam também e enrolavam as fitas de macarrão de forma perfeita para criarem uma bocada ideal. O macarrão com molho de tomate era uma instituição. Ao longo dos anos recebendo aperfeiçoamentos, ou sendo criadas novas versões para mais variedade de receitas. Uma identidade tão consolidada que, ainda que a família estivesse distante, desfalcada, desconhecida, era certo que, aos domingos, todos estariam preparando um bom prato de massa, cada um em seu forte. Em determinadas fases da vida, considerei não comer mais nada, além de macarrão.

Terminei meu prato, comi tudo e não parei de chorar baixinho. Levantei-me da mesa, limpei a louça, deixei tudo limpo e fui para meu quarto. Deitei-me na cama e continuei repetindo em minha cabeça: "Já consigo me dar de comer. Eu decido o que é veneno ou nutrição. Já consigo me dar de comer. Já consigo me dar de comer". Enrolei-me em uma bola e fechei os olhos, sentindo a sensação de ter o estômago cheio, quente, redondo. Torcia muito para que meu corpo desse conta de digerir aquilo que eu oferecia a ele, com lágrimas e tudo. Era preciso que pudéssemos metabolizar as coisas, era preciso nos defender dos venenos que eu encontraria e engoliria. Era preciso saber nos dar de comer, e era principalmente preciso ter coragem de sentir fome.

***

Sempre achei que era preciso implorar o amor de meus irmãos, que nunca seria merecedora de recebê-lo espontânea e gratuitamente. Assim como eu não era o tipo de pessoa que tinha uma missão, na vida, também não era o tipo de pessoa amável. Enquanto eles brilhavam, nas festas, nas carreiras, nos amigos, e certamente na nossa família, eu vivia escondida atrás das paredes, espiando, de longe, para não contaminar a cena, um merecimento que eu nunca teria. Tenra de tudo, com afetos ainda pequeninos e cheios de vontade de cintilar, não podia compreender o que eu havia feito de tão errado, como havia proposto ser o centro dos dejetos. Apenas sofria, às vezes chorona, às vezes calada.

Sentindo-me sozinha, em meu quarto de pequena, um único raio de sol entrou pela janela e iluminou um círculo no chão. Alcancei uma almofada macia, uma estrela azul de cinco pontas que sorria um sorriso bobo, e a levei comigo até o círculo de luz. Abracei a estrela, fechei os olhos sob o calor reconfortante do sol e senti um nó volumoso surgir no fundo de minha garganta. Um medo enorme de tudo o que precisaria enfrentar só, por toda a longa frente de meu futuro. Falei com ela:

– É preciso engolir o choro, Estrelita. É preciso ser silenciosa. Menos. É preciso ser menos.

É preciso ser menos. Esse mantra eu repetia o tempo todo.

***

Uma de minhas irmãs queria ser atriz. Queria viver de poder viver outras coisas que não somente aquilo que era dela. Eu pensava sobre isso. Se ela podia, talvez eu pudesse também.

Trancava-me no banheiro, certificava-me de que a porta estava bem cerrada, desvirava e virava a chave três vezes, testando se tinha chances de ela abrir. Ligava o chuveiro, para fazer barulho e não causar qualquer desconfiança do que poderia estar havendo lá dentro, e colocava-me na frente do espelho, usando o revisteiro, com pilhas de exemplares, como tablado para que eu ficasse em uma altura suficiente para ver meu reflexo. Tentava ser atriz, imitava os gestos, expressões do rosto, sorrisos de minha irmã. Tentava interpretar minha irmã. Talvez se treinasse o suficiente, se me esforçasse, poderia fingir para sempre, e quem sabe ser tudo o que eu jamais seria. Ou, se treinasse o suficiente, se conseguisse me tornar boa nisso, poderia sempre imitar minha irmã, imitaria tanto que, talvez, pudesse ser como ela, que nem ela. E ser como minha irmã era ótimo. Todos adoravam minha irmã.

***

Vi meus amigos pela primeira vez, depois de morrer. Havíamos perdido, um ano antes, uma amiga querida, que encerrara sua vida após um relacionamento repleto de violências. Estávamos há muito desfalcados. Todos invadidos por um sentimento de culpa e impotência. Aprendemos, todos, a olhar o morrer com outros olhos, e não nos recuperamos, jamais, daquele acontecido. Deixamos que a ferida se mantivesse aberta.

Estávamos em um prédio muito alto, contemplando a cidade toda, em silêncio. Fazíamos muito isso, reuníamo-nos e ficávamos em completo silêncio, por muito tempo, apenas estando um ao lado do outro. Após minha morte, tornei-me uma pessoa silenciosa, ainda mais do que antes. Falava muito pouco. Fazia sentido para mim que só era possível chegar a certos lugares, constatações e estados emocionais, na mudez. Mas era claro que o silêncio não é uma faculdade de todos, há aqueles para os quais o silêncio é uma experiência de angústia torturante.

Eu estava sentada em uma cadeira confortável, variando meu olhar de janela, em janela. Gostava desse jogo. Era-me prazeroso observar janelas que pareciam, no meu parâmetro de julgamento, serem portais para ambientes de imenso conforto. Elegia algumas favoritas e precisava lutar contra um desejo, bastante impraticável de se realizar, de entrar por cada uma delas, e gozar, roubar um pouco, do conforto que ali existia. O ambiente que geralmente me cercava era tão cheio de vértices agudos, espinhos, que desenvolvi uma obsessão por criar settings confortáveis. A luz certa, os tecidos certos, as cores certas. Existia o jeito certo de fazer. Observava, então, esses portais iluminados, e fantasiava sobre que tipo de vida acontecia ali, que tipo de possibilidade existia ali. E sonhava acordada, ao infinito e além. Era preciso que alguém me convocasse de volta à vigília, para que eu participasse novamente da realidade compartilhada.

Um amigo se aproximou e me olhou nos olhos por muito tempo. Tanto tempo que se tornou difícil sustentar seu olhar. Ele fora o único que não me abordou com palavras simplistas, utilitaristas, ou perversas, desde que havia sido trazida de volta. Não me abordou com palavra alguma, aliás. Presenteou-me apenas com sua presença. Respeitava tanto minha vida, e respeitou profundamente minha morte. Falou:

– Acho que te conheço há algum tempo. E ainda assim, toda vez que te presencio em silêncio, sinto que somos, mais do que nunca, estranhos, desconhecidos. E já não posso mais dizer que te conheço. É aí que você existe ainda mais. Acho que você existe principalmente quando não está. Sua presença nunca seria mais marcante que sua própria ausência, eu acho.

Aquilo me desconcertou. Nunca alguém havia me dito algo tão ambíguo e verdadeiro. Fez-me refletir, de forma nunca feita, antes, sobre a ambivalência de tudo. Jamais poderia desaparecer, por completo. Negação e afirmação, positivo e negativo. Tudo andava junto. Minha ausência seria, também, minha presença. O esquecimento não era possível, pois eu seria sustentada na memória, na lembrança, no lampejo. Poderia queimar todas as fotografias nas quais eu aparecia, sumir com meu corpo, e o mistério de quem eu fui se estenderia e me manteria mais viva do que nunca. A morte era tão absurda quanto a vida, e talvez fosse mais fácil deixar de existir viva, do que morta.

***

Formas de desaparecer:

Tornar-me apenas ossos e ocupar o menos espaço possível. Contar os azulejos da parede, as pedras do chão, as listras do lençol, as folhas de uma árvore, e começar tudo de novo. Andar sem pisar nas linhas. Cantar uma mesma música, inúmeras vezes, na cabeça, e expulsar o pensamento. Repetir uma receita, até que me canse. Narrar o itinerário até minha casa, partindo de um ponto aleatório da cidade. Deixar de falar. Dizer apenas sim. Concordar com tudo. Obedecer.

***

O primeiro livro sem figuras que li, aos sete, foi *A fantástica fábrica de chocolates*. Era uma das histórias que eu mais gostava, e alugava o VHS toda semana, na locadora. Quando ganhei o livro, meus olhos não piscavam, e devorei as primeiras sessenta páginas, assim que o livro chegou em minhas mãos. Sentia-me invencível por ter lido tanto! Estava eufórica. Naquele dia, desci as escadas pulando degraus e corri até a cozinha, onde meu pai limpava camarões para algum almoço importante em família.

– Quando você gosta de um livro, quantas páginas você lê de uma vez só? – perguntei estridente.

Meu pai era a pessoa que mais lia livros que eu conhecia, e portanto a pessoa que mais lia livros no mundo, para mim. Lia rápido e era capaz de ler não importava a intempérie. Sol ou chuva, barulho ou silêncio, sentado no escritório, no carro ou de pé esperando o táxi, ele lia, lia concentrado, lia sem parar.

Naquele dia, sessenta páginas era como se eu tivesse lido uma biblioteca toda. Uma conquista tão mágica, sessenta páginas tão férteis, para minha imaginação infantil, que abordei meu pai na tentativa de vencê-lo em uma competição da qual só eu sabia.

– Não sei filha. Se gosto do livro, e posso ler sem ser interrompido, leio o quanto for possível – ele respondeu, ainda concentrado na sua tarefa.

– Mas quantas mais ou menos? Sessenta páginas é bastante, não é? Eu acabei de ler sessenta páginas do meu livro. Você já conseguiu ler sessenta páginas de uma só vez? – eu insistia, queria sua aprovação.

Ele entendeu o que eu estava vivendo. Assegurou-me que sessenta páginas eram um monte, mais do que um monte, era uma quantidade impressionante. Parou de limpar camarões para dizer que eu era uma leitora de livros nata! Essas tão impressionantes sessenta páginas foram as primeiras e últimas que li daquele livro. Logo após esse orgulho, larguei o livro. Mas desde então, nunca mais parei de ler.

Desenvolvi, com os livros, uma relação que não encontrei em nenhum outro lugar. Tornei-me uma devoradora de livros. Era voraz por conhecer vidas e destinos diferentes, diferentes daqueles que eu vinha conhecendo até então, e imaginava possível conhecer, no futuro. Mais do que prazer, ler era uma necessidade. Lia porque precisava, lia porque me ajudava a sobreviver.

Com eles, era preciso ter todo o cuidado e carinho do mundo. Carregava-os abraçados junto ao peito, os braços por fora, como se precisasse protegê-los de alguma coisa. Como se fôssemos só eu e eles, contra o mundo. Se, porventura, algum caísse no chão, tratava de apanhar muito rápido, alisava com a mão, para tirar qualquer poeira, e então beijava a capa, como quem pede desculpas pelo lapso. Gostava de organizá-los de maneira que um fizesse companhia ao outro, e pensava que alguns personagens adorariam conhecer outros, e outros talvez não se dessem bem com alguns, e assim juntava aqueles que combinavam bem, para que se aproveitassem, e separava aqueles que se davam melhor reclusos ou afastados.

Com os livros, parei de me sentir sempre tão só. Ao ler, sentia-me rica, cheia de mundos, universos, realidades. Conforme construía uma relação com a leitura, fui decorando meu mundo interno de outras coisas que não apenas medo e vergonha. Novas coisas foram surgindo, e fui encontrando, em minha companhia, o prazer da descoberta e da imaginação criativa. Sentia que os livros cuidavam de mim, ofereciam-me, gentil e humildemente, espaço e acolhimento. Trouxeram o tecido para que eu pudesse começar a tecer minha fragmentada história. Os livros me tornaram corajosa.

Passei a ter vontade de experimentar e sentir muito, e a leitura me permitia superar a mediocridade das minhas limitações. Tive a oportunidade de conhecer muitas vidas, viajar, sonhar outros sonhos, rumar para outras possibilidades. Passei a gostar de ser vulnerável e me deixar atravessar. Ler é um ato de coragem. Abrir-se para sentir e viver algo imprevisível, deixando-nos envolver por todo o nosso corpo, permitindo a submissão. É manter-se em silêncio e barulho, ao mesmo tempo, deixar a história reverberar dentro de nós e evocar nossos segredos.

Nunca mais quero estar sem um livro, em minha companhia. Era como se eu tivesse passado a vida toda de barriga vazia, e agora estivese faminta.

***

Queria falar com meu pai. Queria que ele falasse comigo. Como se posicionar diante de injustiças hediondas? Conseguiria me ensinar isso? Ele, que é meu pai, que é mais velho, e como sempre gostou de me corrigir, mais sábio, mais experiente. Sabe ele como faço para falar em voz alta? Engolir o choro e enfrentar a vida? Erguer a cabeça e encontrar a força de um colosso? Empunhar-me de armas e partir para guerra? Conseguiria ele me ensinar isso? Como ganhar coragem de discursar, se a tristeza verdadeira nos rouba as palavras?

Sinto que nunca mais poderei falar. Perdi a memória. Sou um misto de sofrimento e ira. Já sou muito pequena. Não cresci tanto assim. Não há mais espaço dentro de mim para aquilo que não me pertence. Conseguiria meu pai me ensinar como dizer às pessoas que armazenem seus próprios crimes?

Reservo uma tarde ociosa, e pego os livros que ele escreveu. Leio-os. Tento conhecê-lo, saber quem ele era. Quem gasta tanto tempo com as palavras sabe que escrever é, ao mesmo tempo, a maneira mais fácil de se conhecer, e mal entender, uma pessoa. Seja lá o que encontrarei, busco entender quem era meu pai, e para que fim ele usava as palavras.

Será que tenho língua afiada? Será que minhas palavras são cortantes? Quando não falo, clamam minha presença. Quando falo, fazem careta.

Será que devo sussurrar? Embrulhar minha fala em plástico bolha, ou veludo, para que desçam carinhosas pela garanta? Para que me servem as palavras? O que meu pai queria dizer quando me contou que, sem a palavra, eu morreria?

– Você é uma escritora, como eu, Lina. Sem as palavras, nós morreríamos – ele me disse.

Onde estava a explicação para essa latejante constatação? Há lendas que dizem que a primeira palavra que falei foi "não". Dizem que comecei a falar cedo. Acho até estranho. Mas a vida é repleta de sustos e imprevistos. Justo eu, assustada demais para sair do casulo de mim mesma, comecei a falar cedo. Falar, essa interface com o mundo, esse grande marco de inserção no universo inteligível aos adultos. "Não", a palavra referência da alteridade, do corte, da diferença.

Lina, quer comer? Não. Lina, quer beber? Não. Lina, vamos à escola? Não. Lina, essa é Fulana, alguma coisa de seu pai. Não. Lina, essa é ciclana, alguma coisa de sua mãe. Não. Que menina linda. Não. Que menina brava. Não. Tome esse remédio, vai te fazer bem. Não. Use essa roupa. Não. Quer escolher que roupa usar, então? Não.

Talvez tenha sido essa, a minha primeira má interpretação do mundo. Achava que se dissesse não, existiria menos. Mas cada vez que negava, cabeças se contorciam de seus pescoços para observar-me garota, para mostrar olhos de cansaço ou julgamento perante a coragem de uma criança de negar. Fosse sim, minha palavra favorita, provavelmente passaria mais despercebida. Olhariam menos, para mim. Seriam mais indiferentes a mim. Apenas iria no fluxo do desejo do outro. Seria menos pontuda.

Ou será que queria mesmo atenção? Honestamente, minha infância me é tão misteriosa quanto o é para alguém que jamais me conheceu. Sei apenas o que sinto.

O resto é lacuna. E o resto é uma imensidão. Minha criança é uma bola maciça alojada na boca do meu estômago. Ou um buraco negro, que captura massas ao redor, e as desintegra em poeira, em milhões de microfragmentos cintilantes, milhões, mas muito esparsos, talvez nem os mais compridos braços conseguiriam alcançá-los.

Acho que falei tantos "nãos", quando pequenina, que ao chegar na vida adulta eles perderam o sentido, o impacto. Pensava que agradar a todos e existir o menos possível estavam do mesmo lado do horizonte. Não era capaz de sustentar a dialética dessa fantasia. De repente, não me via mais autorizada a negar nada e ninguém. Queria mesmo ser menos pontuda. Queria não tem ponta alguma, queria ser macia como um miolo de pão, fofinho e conveniente. Uma nuvem. Um algodão doce. Mas me tornei um algodão com dulçor de adoçante, daqueles que fazemos careta quando vai embora da boca. Que deixa um amargo esquisito, sintético. Passei a vida querendo fazer passar o triângulo pela abertura do círculo, o círculo pelo quadrado, o quadrado pelo retângulo...

Imaginava meus pais pegando em meu bracinho infantil e me guiando, mostrando-me que, para colocar as peças dentro da caixa, é preciso obedecer a suas formas. Para aquelas cujos formatos são por demais disruptivos, o lugar é o lado de fora. E o lado de fora da caixa pode ser o infinito criativo, ou o sem lugar sem fim.

***

"Sim, sim, sims" respondeu meu pai quando lhe perguntei se poderíamos deixar combinado que ele não contradiria mais os enfermeiros e médicos a respeito do curso do tratamento. Foi sua última internação, ele estava na UTI, e tentávamos descobrir, dias antes de sua morte, o que estava acontecendo com suas funções neurológicas. Era o sétimo dia de internação, segundo dia de UTI. Pouco menos de uma semana antes de sua partida.

– Sabe de onde vem, filha, sim, sim, sims? – perguntou ele, suas pernas envergando de câimbra devido à falta de potássio recém descoberta.

– *Ulisses*, de Joyce, tradução impopular de Houaiss – respondi, enquanto esticava suas pernas e fazia massagem em seus pés, por cima das meias de compressão.

Se eu soltasse as pernas, elas voltavam a envergar, então as mantinha esticadas, e tentava aliviar seu desconforto. Ele havia recusado receber potássio pelo acesso intravenoso e insistia que comer apenas uma banana resolveria tudo.

– A mais magnífica tradução! – sempre dizia isso. Era um admirador antigo de *Ulisses*, uma das únicas pessoas que eu conhecia que lera, gostara e entendera o livro. Insistia que eu lesse, mas admitia não ter coragem para tanto.

– Vou permitir que o enfermeiro te dê o potássio. Se você não implicar com o enfermeiro, quando ele vier, peço para a nutricionista te trazer uma banana.

Tudo era uma negociação, ele não concedia nada de graça. Concordou, e ainda exigiu mais:

– Tudo bem, filha, mas continue aqui, tentando esticar minhas pernas, faz tempo que não te vejo – e dormiu. Era a fase em que estava com dificuldades de se manter desperto. Por isso, também, perdia a noção do tempo e espaço. Não fazia nem questão de horas que eu o havia visto, estive ali todos os dias, e tínhamos conversado pouco antes, também, antes de mais uma fração de sono.

A realidade não é de confiança. Pedimos, imploramos, fazemos promessas, rezamos, e ainda assim, as coisas raramente acontecem como barganhamos. Era permitido que uma pessoa capaz de entender Joyce não conseguisse perceber a passagem do tempo? Além do corpo médico, que variava diariamente, eu e minha mãe éramos as únicas pessoas que meu pai via, naquele hospital. Não era um número extenso, e ainda sim sua brilhante mente não conseguia amarrar a lembrança. Escapava. Falhava. Ali, sentada na poltrona desconfortável da UTI, aflita que meu pai pudesse estar sendo capturado por um sono nefasto e doente, pensei em minha mãe, anos antes, quando era eu na cama da emergência do hospital, também lutando para ficar acordada.

Divagava sobre o que poderia meu pai estar pensando, durante todos esses dias de turbulência neurológica. Como andava seu pensamento? O que se passava em sua cabeça? Será que, como eu, anos antes, vivia apenas uma ausência? Ou será que sonhava com mundos fantásticos e infantis? Será que sonhava que seus filhos estivessem juntos, novamente? Será que sonhava que seus filhos se uniam para cuidar-lhe? Será que fantasiava ser um homem jovem e no auge de seu sucesso e glamour? Será que prometia que, se viesse a partir, continuaria me prometendo a proteção e tutela? Por favor, proteja-me das injustiças hediondas da vida. Por favor.

***

Quando penso no primeiro homem que amei, penso em tempos de colégio. Mesmo em franca adolescência, quando parece que somos programados geneticamente para tratar os outros com deboche, foi alguém sempre e incondicionalmente respeitoso e generoso comigo. Era nova na escola, e sentia-me deslocada e perdida ali, e aquele rapaz, prestes a se tornar alguém de suma importância, ofereceu-me uma amizade digna de me ensinar coisas sobre a vida.

Fomos amigos por mais de sete anos. E desde o primeiro deles, estava informada de que os sentimentos que meu amigo nutria por mim, segundo ele, poderiam ir além de amizade. Disse-me francamente, após meses nos conhecendo, que gostava de mim. E um misto de sensações me invadiu, diante dessa honestidade. Sentia medo, vaidade, orgulho, vergonha, entusiasmo, frustração, e mais outras tantas coisas que não sabia dizer, na época, e talvez não saiba ainda. Gostar mais que uma amizade era um sentimento estrangeiro, para mim, um sentimento que eu não havia conhecido, e não sabia como se parecia, qual sua forma, sua força, textura, sua temperatura. Mas sabia que o amava, e esse sentimento era muito querido, para mim.

Em verdade, o romance virou tema em minha vida apenas quando era já uma jovem adulta. Antes disso, tratava-se de um assunto constrangedor e com o qual não me identificava. Não tinha paixonites e não sonhava acordada com garoto algum. Era hipnotizada por figuras femininas desbocadas e independentes, que amavam livros e sabiam recitar passagens de seus autores favoritos. Mas sobre moças, sobretudo essas, não se falava.

Não me importava que meu amigo gostasse de mim de uma maneira diferente da qual eu gostava dele. Importava-me que gostasse de mim e parecesse ter algum interesse por quem eu era verdadeiramente. A mim, era estranho ser a querida de alguém. Sentia-me inadequada. E não ter as mesmas opiniões e interesses que minhas amigas fazia esse sentimento de inadequação se fortalecer. Mas sentia-me bem, com ele. Sentia-me em paz. Não sentia que precisava ser mais bela, mais esbelta, mais ou menos interessante, sentia que podia ser simplesmente eu.

Conversávamos sobre variedades da vida, eu sentia coragem de mostrar a ele minhas músicas favoritas, ele me ensinava sobre artes marciais e lutas, me ajudava a entender e estudar matérias de exatas, eu eventualmente o ajudava em literatura, mas era raro ele precisar de qualquer auxílio escolar, era o melhor aluno da sala. Íamos crescendo juntos, dividindo os horrores da adolescência, os pavores da entrada na vida jovem adulta, angústias universitárias, sentimentos, sonhos. Ele foi estudar para ser médico. Eu fui estudar comunicação sem saber para quê. Víamo-nos menos, mas conversávamos com o mesmo furor. Anos passavam, amigos e colegas iam e vinham, tudo era passageiro, mas eu e meu amigo continuávamos uma constante. E para mim isso era emocionante, trazia-me serenidade, sentia que, apesar de todos os meus desastres, todas as tormentas, existia alguém ali que acreditava que eu merecia carinho, que eu não era apenas um corpo defeituoso que errou o caminho da vida.

Nunca fomos mais do que amigos. Os sentimentos que foram nutridos por mim nunca se tornaram mais do que uma amizade. Mas tal desapontamento não impediu meu amigo de viver belas histórias e apaixonar-se por aí. Quanto a mim, carregava a crença incondicional de que, ainda que não coubesse dentro de mim haver um romance, jamais amaria outra pessoa além dele. Mas ele nunca entenderia o porquê, pois nossas inseguranças e desconfianças com o mundo jamais seriam as mesmas. Ele jamais entenderia que tinha pavor de estar num ambiente fechado com um homem. Que meu corpo fora violado cedo demais para que eu desejasse ser tocada novamente, por um longo tempo. Que o espaço que eu teria disponível para o amor romântico e a vontade de viver uma aventura estava tomado, manchado, contaminado de medo, de violências e da ideia de que eu era um objeto de descarte.

Não entendia à época, mas ele era uma esperança. Um ramo que resta e persevera, em meio a uma plantação intoxicada. Mas não era corajosa o suficiente para descobrir essa verdade. Não seria possível pagar para ver. No entanto, não fosse a esperança, não fosse ter experimentado a pessoa que meu amigo pode ser, durante tantos anos, não teria me recuperado de tantas feridas. Não fosse o contorno que meu amigo pôde me proporcionar, constante, leal e caloroso, teria permanecido perdida nos escuros de uma floresta gélida, avistando apenas o perverso caçador que captura a donzela.

Certa vez, disse-me o amigo que me via tão autêntica, que não acreditava que eu fosse capaz de fingimento, pois autêntica demais, minhas posturas e expressões sempre me entregariam a um bom entendedor. E ele era um bom entendedor, disse-me. Levando essa profecia em minhas mãos, como se carregasse um tesouro apertado ao peito, pedi para vê-lo, dizendo que queria lhe contar como andava minha vida, e saber como andava a sua. Sorri o encontro todo, respondia que estava bem, que minha vida caminhava, que estava alegre. E ele sorriu de volta, acreditando em meu faz de conta. Então eu era capaz, sim, de fingimento. Ele não pôde perceber que minha vida nada caminhava, que na verdade eu sentia na vida um peso imenso. Ou que minha vida era tão leve que me escapava, toda vez, e voava longe, ia embora, desaparecia de mim. Não viu, por trás de meu sorriso, o nó imenso em minha garganta, tão imenso que me falhava a respiração. Não pôde notar que o brilho de meus olhos eram lágrimas que resistiam em cair. Ou que a cada vez que encostava em suas mãos, fazia uma tentativa de agarrá-lo, de pedir que me ajudasse, por favor, a continuar na superfície, pois estava afundando, algo muito robusto me puxava até arranhar meus tornozelos para uma escuridão amedrontadora. A profecia se tornou farsa, e o tesouro que carregava nas mãos, que protegia tão imensamente, espatifou-se em meu peito, e soube, naquele momento, que estava perdida. Os dias treinando a mentira na frente do espelho haviam vicejado. Era agora a maior das fingidoras. Saberia enganar até mesmo um bom entendedor. Deixei que a escuridão arrancasse a pele de minhas pernas e me levasse para as profundezas de uma só vez.

Tornei-me uma pessoa sombria, e após circunstâncias e desencontros da vida deixamos de ser amigos. Rompemos. Meu não mais amigo havia me entendido errado, havia descoberto a farsa, e eu era, na verdade, uma pessoa que ele não gostaria mais de ter por perto. Estava decepcionado, disse-me, não entendia como podia ter acreditado em mim todos esses anos. Eu também não entendia. No instante de sua mensagem, fiquei eufórica, faria de tudo para desculpar-me do que fosse, dos meus e dos erros dos outros. Faria promessas e juramentos. Mas não havia retorno, ele estava decidido. Após um longo texto que terminou com um ponto final em nossa amizade, nunca mais obtive resposta. Encontrei apenas indiferença e silêncio.

A rejeição foi capaz de quebrar o que eu pensava não haver mais como ainda ser quebrado. Pensei no quão difícil era sermos quem somos. Pensei no sofrimento que meu querido amigo podia estar vivendo. Pensei no quanto precisamos odiar e amar as pessoas. No quanto amar às vezes é inconveniente. Pensei que sempre há aqueles pelos quais precisamos nutrir indiferença. Pensei no quanto queria que tudo aquilo fosse um sonho. Que acordaria e ele diria que somos mais amigos do que nunca, somos amigos para sempre. Ele me diria que a vida vale a pena, e que poderíamos trocar nossas músicas favoritas daquela temporada. Mas não tinha como estar mais acordada do que eu estava. Subi no alto de um prédio ao qual tinha acesso, e pensei em tentar voar. Faria uma pequena contagem regressiva, e saltaria para o voo. Ao invés disso, caí no choro, abraçada com as últimas palavras de uma pessoa que amei tanto. O coração quebrado dói no peito, dói de dor física. Dói de dor doída.

***

Eu tinha dezesseis anos. Demorei para conseguir usar as palavras certas. Violência. Agressão. Violação. Abuso. Estupro. Antes eram disfarces. O que aconteceu. O acontecimento. Aquele dia. O que ele fez. O que eu vivi...

Não conhecia a palavra estupro, com aquela idade. Tampouco havia ouvido algum relato sobre casos como o meu. Não sabia da triste frequência com que mulheres são violadas não só em suas vidas, como ao longo da história. Não sabia. E não saber foi a segunda violência.

Não saber fez com que achasse que as coisas eram assim. Não saber fez com que eu achasse que eu não era nada além de um corpo de livre acesso. O estupro era mais um ritual de passagem. "Pode gritar, ninguém te escutará", "Se poupe de tentar correr, está tudo trancado, você não tem pra onde ir" eram frases que pensei que escutaria muitas outras vezes, ao longo de minha vida adulta. Frases de desejo?

Ainda assim, mesmo sem saber, sem conhecer, sem entender, sabia. Na iminência de ser violada, sabia. Sabia que meu corpo estava em perigo, que seria gravemente machucado. Sabia que meu desejo, ou não desejo, não tinha importância. Que consentimento era um acessório dispensável. Que eu não me pertencia. Sem saber do que se tratava, sabia que não queria, sabia que não estava bem. Sabia que queria tomar banho, que queria jogar as roupas daquele dia fora, sabia que não queria voltar nas premissas daquela rua, nunca mais. Sabia que, por mais que evitasse e me protegesse, poderia voltar a acontecer, tão fácil como aconteceu da primeira vez. Tudo isso, sem saber de nada. Sem saber, eu sabia. E quando conheci, soube mais.

Nessas horas, fazia o infazível. Permitia que meu corpo se tornasse imóvel, quase sem vida, permanecia calada, segurava as lágrimas para que se tornassem apenas singelas poças em meus olhos, desligava-me da dor, fechava os olhos e tentava ir embora dali da maneira que eu poderia, em pensamento, em fantasia.

Quando conheci a força da violência dos homens, entendi que existia ali algo ao qual estaria sempre exposta, e não havia nada que eu pudesse fazer para garantir jamais ser vítima. A primeira violência que vivi não foi a última. Não foi a última para mim, como não foi a última para outras mulheres. Nossas primeiras violências foram apenas as primeiras. Nada impediria um homem de exercer seu presumido direito de acessar meu corpo, quando fosse de seu desejo. De ter um homem invasor, em minha cama, numa madrugada. Um homem encontrando, num momento de fragilidade, uma oportunidade. Um homem se valendo de uma relação para exercer poder e exigir meu corpo. Um homem. Basta um homem.

Esforcei-me muito para fazer com que os maus homens não me impedissem de conhecer amores, aventuras, trocas. Trabalhei para colocar em minha cabeça que essa primeira experiência não poderia ser encarada como minha primeira descoberta de contato íntimo. Era preciso nomear as coisas de maneira correta, era preciso encarar a verdade, tomar coragem e dizer, foram estupros.

Essa palavra feia, horrível, de fonética desconfortável, de ginástica bucal, de escuta escandalosa, esse termo proibido me ensinou a importância da palavra. Antes das metáforas, das analogias, das fantasias e da poesia, é preciso saber das palavras. É preciso ser honesto e ético com as palavras. Nomear. Estava aí o entendimento de por que sem as palavras eu estaria morta. Se não pudesse nomear, sem vocalizar, sem escrever, sem ler, sem discutir, sem recitar, eu seria apenas iminência de aniquilamento.

Meu corpo conheceu mais de um par de mãos lambuzadas e indesejadas. Na cartografia de meu corpo tenho registros de homens que sequer me conheciam, e homens que conheciam a intimidade de minhas marcas mais invisíveis. Homens com nome, homens carinhosos, homens com boas histórias para contar, com belos sorrisos, com sonhos e inocências. Homens generosos. Homens queridos. Homens queridos também machucam.

Meu "não" podia preencher toda a minha boca, e eu poderia ter total domínio de quando o mastigaria e engoliria, ou quando cuspiria o não para fora. Mas jamais teria o domínio da vontade de um homem. Quando ele quer, ele faz. Agora, diante dessa descoberta, eu adicionava uma nova camada à guerra fria que assolava meu corpo. Ele não pertencia nem a mim, também não pertencia a minha mãe. Ao que tudo indicava, meu corpo pertencia aos homens.

***

Sonho que estou diante de uma serpente enorme. Parece infinita. Ficamos frente a frente, e nos encaramos por uma eternidade, seu olhar ameaçador e suas presas se insinuando. Sempre tive medo de cobras, mas de repente aquele animal, por imenso que fosse, não me intimidava tanto. Parecia-me majestoso estar diante de uma criatura tão temida. Entramos em confronto, engulo qualquer receio, e pego sua cabeça com minhas próprias mãos, observando com atenção, sem piscar, sua agonia embaixo de meu enforcamento. Em seu ato final, usa as últimas forças restantes para fincar suas presas em minha mão, na ponte entre meu polegar e indicador, e sinto seu veneno entrando em meu sistema. Solto o animal, em aflição de dor, e aperto minha mão enquanto observo que seu corpo jaz ali. É o fim de sua vida, e agora sou um pouco humana, um pouco serpente também.

***

Eu e minha mãe não precisávamos de muito para nos divertir juntas. Após minha morte, tornamo-nos muito próximas, fazíamos muito juntas. Gostávamos de ir ao supermercado e preparar um prato novo e diferente. Gostávamos de ir ao cinema. Eu gostava de ouvir suas histórias de juventude nos anos setenta. Minha mãe contava-me aventuras de dar inveja. Amigos interessantes, viagens espontâneas, sol, mar, samba, carnaval. Mesmo seus relatos de lutas estudantis e revolucionárias em época de ditadura me traziam notas, cores e aromas interessantes demais para fugir de ouvir, fechar os olhos e imaginar como seria viver essa vida.

Certa noite, à mesa, após jantarmos, concordamos que jamais seríamos amigas, caso fôssemos contemporâneas em nossa juventude. Eu era tudo o que minha mãe não tinha nada a ver, e minha mãe era tudo o que eu desejava poder ser, mas não tinha coragem de testar. Mesmo depois de se tornar minha mãe, era uma mulher alegre, sorridente, engraçada, de bem com a vida. Era simpática, capaz de fazer amizades na fila do pão, tinha um gosto musical impecável, elegante, enrolava seus cigarros com perfeição, tinha dentes perfeitos. Já eu, era séria, sarcástica, taciturna e preferia um livro a ter que interagir com qualquer indivíduo de pouca intimidade. Se nos conhecêssemos em nossas juventudes, eu seria para minha mãe uma garota sombria, estraga prazeres e pessimista, assim como ela seria para mim uma garota barulhenta e bagunceira.

Mas tornamo-nos muito amigas, em nossas próprias linhas do tempo; ela, minha mãe; eu, sua filha. E pude conhecer profundezas dela que não tive acesso, mais nova. É preciso, de tempos em tempos, se aventurar em conhecer nossos pais. E quando conheci minha mãe, descobri que sua grandeza era demais para meu próprio repertório. Sua alegria e resiliência adquiriam uma nova textura agora que eu conhecia suas dores, traumas e histórias. Agora, parecia-me inverossímil que ali pudesse existir alguém tão disposto e de boa vontade com o destino. Pensava que minha mãe tinha razões o suficiente para se demitir da vida, mas tal proposta jamais lhe passou à cabeça. Ela parecia, inacreditavelmente, uma mulher feliz.

Quando comecei a ver minha mãe encurvar-se diante da vida, fui tomada de maneira ardida. Não poderia suportar a tristeza de minha mãe, não poderia perdoar qualquer inimigo de sua implacável alegria. Declararia ódio irreconciliável a quem me impedisse de ver o sorriso de dentes perfeitos de minha mãe. Fui assaltada por uma angústia piniante, e pela certeza de que era preciso correr a maratona da vida, saltar os obstáculos para inverter o jogo. Era preciso sair com lanças, flechas e espadas e lutar contra tudo. Queria mostrar a ela como se fazia o caminho de volta da escuridão, dizer a ela que deixei migalhas e trilhas de folhas para jamais perder o percurso de volta à superfície, assegurá-la de que me tornei caminhante por essas estradas, entre a tristeza e o contentamento, a lucidez e a embriaguez, e que lhe emprestaria meu cajado, minhas armas, e minha sabedoria em ler as estrelas, para que ela pudesse caminhar por ali também, sem se perder.

A vida gosta de gargalhar, e para isso é preciso roubar alguns de nossos risos. Sentia-me irada, roubem de mim todo e qualquer riso, mas permitam que minha mãe possa se perder no conforto de uma boa piada. Ninguém nos ensina, ninguém nos conta que esse momento chega, para as filhas. O momento de querer defender, com unhas e dentes, a vida de nossas mães. A dignidade de nossas mães. Faria qualquer coisa. Se possível, a faria renascer, agora no calor de meu próprio ventre. Gestaria minha mãe por nove ou quantos meses precisasse para ganhar forças e retomar, imbatível, sua coluna ereta e seu rosto altivo. Queria ela viva e vivaz, mas não desejava essa vida a ela. Não essa, perversa, dolorosa, difícil, ingrata.

Foi em meio aos meus fragmentos que pude notar que minha mãe também estivera fragmentada, por muito tempo. Estava repleta de vazios, com silêncios ensurdecedores, com fundos infinitos. Poderia estar sem as pernas, mas os braços estariam lá, fracos e fortes, elásticos e rígidos, ocos e musculosos, sustentando a nós, as crias. Queria colocá-la para dormir, retirar cada um de nós de seu colo, cobri-la com calor, e envolver seus braços, cansados de serem incansáveis, envolta dela mesma, num abraço de amor. Eu, que vivera tantos anos querendo sua bênção para estar viva, forte e grande, queria poder lhe dizer:

– Vá. Vá encontrar tuas raízes e mirar tuas flechas. A gente se reencontra, quem sabe, um dia.

Ficaremos. Bem.

***

Faço questão de rezar antes de dormir, numa noite. Luto para fechar meus olhos apenas depois de pedir para quem for – às vezes Deus, às vezes minha avó – que cuide de minha mãe, lá de cima também. Quero propor que nos sentemos na areia, todas nós, em fila, uma de costas para a outra, e acariciemos e trancemos os cabelos, eu de minha criança, minha mãe os meus, minha avó os de minha mãe, a bisa os de minha avó, e assim por diante, com todas nós, até chegarmos ao umbigo criativo do mundo.

***

Pouco falei sobre a gestação que perdi. Ninguém quer falar sobre uma mulher que falha em ser mãe. A mãe deve ser perfeita, irretocável. Eu ainda precisaria de muitos retoques até que pudesse ser mãe, a começar por meu corpo. Sentia-me demasiadamente só. Como se chama a mulher que perde um filho dentro de seu ventre? Temos nome para isso? Má mulher. Amaldiçoada. Fraca. Eu não era uma mãe. Não era uma mãe que perdeu um filho. Não era uma mulher que nunca gestou. Eu era um ínterim. Uma quase alguma coisa.

– Você precisa poder escolher – disse-me minha analista, na sexta feira. Fiquei confusa. Escolher o quê?, rebati. – Escolher se quer ser mãe – ela finalizou, simplesmente. Fiquei em silêncio. Esperei. Quis chorar, mas fiz força para resistir. Em verdade, não queria que ela me visse chorando naquele momento. Era talvez a primeira vez que alguém conversava a sério sobre a minha possibilidade de escolher alguma coisa. Resisti chorar para que ela não visse o quão ausente de liberdade eu era. Para que não visse com quão facilidade eu sumia, desaparecia.

– Não posso ser mãe – respondi, afinal.

– Não sei se você pode ou não. Meu desejo é que, algum dia, você possa me dizer se quer ou não.

Ela fazia questão de me lembrar que poder, precisar e querer eram coisas distintas. E era importante preservar a distinção.

***

Ainda naquela sexta-feira, voltei para casa com cenho franzido. Fazia cálculos a fim de entender como ganharia a audácia necessária para destrinchar e rotular meus quereres, minhas necessidades e meus deveres. De que adiantava querer o que não era possível, ou rejeitar o que era necessário?

Cheguei em casa e estava tudo silencioso e escuro. Acendi as luzes, e tirei os sapatos, com vontade de pisar de pés descalços, dessa vez. Era tão medrosa que nem mesmo disso costumava ter coragem. Senti o porcelanato com textura da cozinha, caminhei até a geladeira, alcancei um pote grande de cerejas geladas, e me sentei com as costas apoiadas, e as cerejas em meu colo. Comeria todas. Preencheria todo o oco interior com aquela carne frutada e suculenta, mas as comeria com calma, uma a uma, deixando escorrer pela minha boca, manchando meus dedos, levando um susto diante da acidez. Comeria com o corpo inteiro.

Preenchida, pesada, deitei-me no chão e observei minhas mãos enrugadas, desidratadas e pintadas de cor de vinho, cor de sangue. Perdi-me naquela cor como quem se perde num caleidoscópio. E comecei a rir. E ri até fazer doer meu ventre, antes vazio, e agora cheio de fruta mordida, mastigada, destruída e engolida.

***

Tempos que não voltam mais:

Minha mãe ter o cuidado de tirar todas as sementes das frutas para que eu me sentisse confortável para comê-las.

Sair para jantar com meus pais significava passar o início da madrugada fora de casa, e sem conseguir me segurar de olhos abertos, e me manter acordada para adentrar o mundo e relógio dos adultos, deitava-me na cadeira, para dormir, com a cabeça no colo de minha mãe, e usava a toalha como coberta. Embaixo da mesa, outras conversas aconteciam entre pernas de todos no restaurante. Foi assim que descobri que segredos existiam.

Ser leve o suficiente para sentar-me no pé de minha mãe, como numa sela de cavalo, e deixar que ela balançasse a perna, fazendo-me ir para cima e pra baixo. Para cima, e pra baixo. Para cima e pra baixo. Leve como uma pena, alheia ao peso da vida.

Tomar banho e ter meus longos cabelos secados e penteados por mãos adultas e carinhosas. Acreditar que o cuidado era para sempre.

Ser acordada pela irmã mais velha, na manhã de Natal, para corrermos e abrirmos os presentes, e em seguida começarmos a devorar crostinis de antepasto, enquanto sentíssemos o aroma do molho de macarrão que vinha sendo preparado há dias, para o espetacular almoço da família.

Querer resistir e ficar acordada na noite de Ano-Novo, para observar os adultos jogando poker, bebendo vinho, fumando cigarros e conversando sobre política. Sem sucesso, dormir ali perto, no sofá, embalada por óperas trágicas ou bossa nova.

Ser resgatada nas festas de adolescente pela mãe, muito diferente de todas as outras, trajando pijamas estampados.

Passar os fins de semana na casa de praia, acordando cedo para tomar café na varanda ao som do mar, que era logo ali, a poucos passos em nossa frente.

Ter as frutas retiradas de minha fatia de panettone comidas por um adulto.

Poder esconder-me na inocência da infância.

***

Foi meu primeiro aniversário sem receber, na virada exata da meia-noite, uma mensagem de meu pai, repleta de carinhas amarelas festivas. Pensei que, depois de um ano sufocante e atormentado, fizesse sentido comemorar alguma coisa, cercar-me de alegria e festa, encontrar motivos para celebrar. Mas era o primeiro aniversário sem meu pai em vida.

Festejei, sorri por estar na presença de pessoas que encontraram, em mim, razões o suficiente para se fazerem presentes ali, celebrei a força de meu corpo, senti e usei a energia que me preenchia. Fui viva. E então, ao final de uma noite colorida e imensa de risada, caí de lá de cima. Numa queda livre, retumbante e agressiva. Terror. Em mim uma sensação de que nunca havia me sentido tão triste. Tão intensamente triste, que me sinto ainda triste. Mesmo muito longe desse instante.

Chorei como chora um bebê que teme, sem saber, que nunca mais será embalado por braços de amor, que sente a vinda galopante do despedaçamento. Tropecei num pranto dono de uma duração sem fim. Encolhia meus dedos, meus pés, cerrava meus dentes e chorava de sorriso largo, mas não sorria, chorava. Choro de criança. De desespero. De desamparo. De desesperança. Pedido de socorro. Pedido de carinho.

Naquela noite, ouvi tantas belezas, tantas declarações, palavras de pessoas que dedicaram minutos para estar diante de mim, contando-me coisas bonitas que sentiam e pensavam sobre quem eu era. Palavras que entravam por minhas feridas e plantavam sementes, floreavam, enfeitavam meu universo oco e descampado.

E ali, hora depois, naquele banheiro, sentada num banquinho pequeno e desconfortável, enquanto chorava embrulhada numa toalha de banho, ali eu pensava como não merecia nada daquilo. Meu corpo morria de vergonha. Tive vergonha de todos que haviam me dedicado palavras de amor. Gostaria de abrir meu peito, arrancar os arranjos e as flores que nasceram em mim, e devolvê-los a todos. Tomem de volta, não cometam mais o erro de dar riqueza a quem é podre.

Feridas se formaram em meus braços e pernas. Uma náusea se apossou de minhas entranhas, e meu choro se tornou o mais visceral som que já produzi. Misto de pranto, urro, rugido, grunhido, grito. Socorro, eu queria berrar, tirem-me daqui, levem-me embora, acabem com isso. Queria sussurrar não aguento mais. Não aguento mais. A náusea foi tomando espaço, espremendo meus órgãos, ganhando autoridade para conduzir meu corpo, até que se tornou tão imensa que transcendeu, transbordou, e do fundo de meu poço, fazendo reverberar todos os meus ossos, vomitei. Num evento mais raro do que ano bissexto, vomitei. E naquela massa gástrica mal digerida se via o carinho, o amor e as poesias de todos aqueles que quiseram me tocar com afeto. Senti-me mista. Reconhecia o vazio familiar que morava dentro de minhas cavidades, mas lamentava não conseguir mobiliar meu mundo interno. Por uma fração de tempo, considerei o ímpeto de mastigar o que havia posto para fora, engolir e forçar sua nova morada, dentro de mim. Reivindicar. Essas palavras são minhas, voltem para dentro, já!

Num incêndio, temos dificuldade de renunciar às nossas preciosidades, como se não houvesse motivo o suficiente para largar tudo e correr em direção ao oxigênio que mantém a vida, e tivéssemos tempo para despender coletando bibelôs e souvenirs.

***

Quando minhas alergias explodiam, e meus braços e pernas eram tomados de feridas e vermelhidão, sentia uma vontade incontrolável de coçar com violência. Se tivesse as unhas rentes demais, era capaz de encontrar um objeto afiado o suficiente para coçar do jeito certo. Coce com calma, falavam para mim. Não conseguia explicar que não era possível coçar com calma. No momento em que começasse a aliviar essa insuportável sensação, eu era tomada de uma força impulsiva que me obrigava a fazer força e ser áspera, perdia a sanidade e entrava num vórtex de movimento, onde palavra de ordem nenhuma seria capaz de me parar. Nesses momentos, parava apenas quando após tanta agressividade, a coceira dava lugar à dor, e as feridas se encontravam inchadas e inflamadas. A dor era mais suportável que a coceira.

Agora era preciso cuidar das feridas abertas. Após um desses ataques, sentia uma compaixão enorme pelo meu corpo, que sobrevivia, de pé, a toda a minha violência e falta de piedade. Apesar de todos os colapsos de minha cabeça, meu corpo me sustentava, podia estar em pedaços, sangrando, mas me sustentava, e era capaz de sensações também incríveis. Tive vontade de, às vezes, ser mais carinhosa com ele. Engajei-me, então, no processo de cuidar de meus próprios estragos. Pedia desculpas, limpava as feridas, e as guardava em um curativo, para que pudessem se acalmar protegidas.

E assim vivemos, durante anos, até que cuidei o suficiente para que sumissem, e voltassem apenas de vez em quando, para me fazer companhia nos momentos mais difíceis. A verdade é que meu corpo faz tudo o que minha mente não pode. Parece ser mais sábio, e mais generoso, oferece sempre uma chance de mostrar, à minha cabeça, como se parecem algumas das coisas que ela tanto sente, mas não sabe que rosto têm. Meu corpo se oferece como um espaço infinito, um campo que tudo aguenta. Aguentou até mesmo a morte. Por que não aguentaria a vida?

– Você tem um corpo que nos evidencia que sua cabeça acredita que existem coisas que não devem ser sentidas. Deve ser desconfortável viver assim. Parece-me, com tudo o que você está tentando me dizer, que existe uma impossibilidade no contato do amor. Tem algo no amor que é profundamente assustador.

A crueza daquela verdade combinava muito bem com o tom macio de fruta cozida que minha analista tinha o cuidado de ter, ao me falar essa elaboração.

Era triste compreender que, por mais intensa e derramada que eu quisesse ser, jamais poderia. Aprendi cedo demais a inibir minha capacidade de ser escandalosa sem ultrapassar os limites de meu corpo. O medo faz isso com a gente, poda ramos que matam raízes, que impedem novos ramos de vicejar.

– Eu deveria mudar? É possível mudar? Devo querer mudar? – perguntei, um pouco para mim mesma, um pouco para ela. Sobretudo para ela.

– Não acho que precisamos.

Ela falava assim, nessa conjugação de primeira pessoa do plural, que era quase um abraço, que me assegurava que eu não precisava correr sozinha. Como quem me ensina que existem contatos que talvez eu não consiga ter, mas existem tantos outros, infinitos outros, com contornos dentro dos quais eu caberia, sem me esforçar.

***

Para me tirar do hospital, quando morri, minha mãe precisou enfrentar a autoridade médica. De acordo com os aventais brancos, eu não deveria voltar para casa. Era uma moça perturbadoramente doente, e deveria permanecer sob cuidados médicos de longo prazo. Minha mãe concordava que eu precisava de cuidados, cuidados de alma, cuidados para a alma, cuidados esses que ela encontraria em outro tipo de roupa branca. Foi assim que conheci Dona Florinda e Mãe Beth. Foi no desespero, segurando no último fio de cabelo de esperança, que minha mãe entregou sua filha a outra mãe. Coragem.

Sentei-me em um banquinho de madeira baixo, e entreguei minhas mãos a essa senhora que repousava em minha frente, inteira de branco, com colares de contas claras e amarelas. Suas mãos carregavam vincos profundos e machucados, e eram deliciosamente quentes. Ela apoiou a testa em nossas mãos, agora entrelaçadas, e fechou os olhos por um razoável tempo, permanecendo em silêncio. Depois, olhou-me com olhos de candura, e falou suave:

– Como estás triste, minha filha, como estás triste. – E comecei a chorar baixinho, com vergonha de abrir o berreiro diante daquela majestade. Não conseguimos conversar por longos minutos. Mãe Beth me deixou chorar enquanto segurava firme minhas mãos, e acendia velas. Eu encontro voz para contar para ela um segredo.

– Tenho tantos espinhos, alguns tão antigos e profundos que nem acho que são possíveis de serem encontrados. Mas me incomodam, perfuram-me por dentro, machucam-me. Esperei a vida toda pelas flores, elas nunca vieram, e agora entendo, minha mãe me ensinou que para um jardim florido é preciso um solo saudável e raízes fortes. Não tenho nem uma coisa, nem outra.

Olho para essa anciã como se nos conhecêssemos há dezenas de anos. Mais dezenas do que eu mesma já vivi. Ela abre um sorriso contido, belo, carinhoso.

– Você floresceu para dentro, minha filha. Existe aí dentro uma flor imensa e muito bela. Posso vê-la. A natureza é violenta, mas a natureza tem suas sabedorias. Aquilo que ela destrói com o rigoroso inverno, ela devolve com as cores da primavera. Agora, é a fase do plantio. É preciso regar as raízes, mas nem todas, só as raízes que devem ficar. Quando estiver tudo limpo e regado, é hora de esperar que floresçam. E vão florescer. E mais, minha filha, há de serem belíssimas. Brancas e belíssimas. Mas não se esqueça, o mais importante é dançar, minha filha, é preciso dançar muito. Dance, minha filha, seu corpo quer dançar. E volte, volte toda semana, quero te ver para sempre.

Mãe Beth me entregou um ramo de alecrim, e uma vontade imensa de também vê-la para sempre. Passei a vestir branco toda semana, para vê-la, pois assim ela gostava. Gostava também de azul e amarelo. Disse que amarelo era a cor de minha mãe, e que minha mãe me banhava com mel para que eu me tornasse mais doce comigo mesma. Num dia, rodeadas de velas, dançamos juntas, no começo tive vergonha, mas Mãe Beth me mostrou como mover os pés, como cantar os pontos e fechar os olhos. Assim fiz. Desde então nunca mais esqueci como se regam as plantas, limpam as raízes e se aprecia a beleza das flores.

***

Ao menos em poesia, a vida adulta arrefeceu a agonia e o pavor da infância. Agora, sabendo dos caminhos entre a morte e o estar viva, pude sentir uma vontade louca de sentir, não só do lado de dentro, mas também sentir para fora. De um jeito ou de outro, aprendi a brincar, a testar a realidade, a estourar as bolhas e observar o efeito de seu desfazer no ar. Aprendi a respirar melhor, e agora desejava trocar o tempo todo, queria não só sentir, mas queria viver o que sentia, e sentir o viver.

O viver ganhou também uma camada de valor, embora a morte jamais tenha me abandonado. Vejo os vultos de Sra. M. aonde quer que eu vá. A Morte está por toda a parte. Mas aparentemente, também está a Vida. Decidi prometer que deixaria ela me conhecer, caso quisesse. Acho que tínhamos ressentimento, uma pela outra. Coisa que não aconteceu com a morte. A morte bateu em minha porta, já a vida, por onde será que andou minha vida? Será que já havíamos nos esbarrado? Nossos caminhos cruzados? O que será que eu havia feito de tão mau para que ela não quisesse me conhecer?

Coloquei Debussy para tocar, peguei minha tristeza por suas belíssimas mãos e a convidei para dançar. Queria que explorássemos meu corpo, víssemos do que ele era capaz, ou que tipo de revelação ele pudesse me oferecer. Dançávamos bem juntas, gostávamos de bailar no escuro, iluminadas apenas pelas janelas que abrigaram a vida mentirosa dos outros. Nosso baile ia adquirindo velocidades altas, até que tudo se tornasse um vulto, imagens distorcidas. Tudo abandona o contorno, e fico embriagada pelas cores que nascem na liberdade da perda das coisas. Nada tem forma, tudo é cor, cor e som. Som triste. Som de filha sem mãe. Estamos eu e minha tristeza na velocidade do lapso, e nossos dedos deixam de se entrelaçar, agora dançamos juntas, mas sem nos tocarmos. Sinto o bater estrondoso de meu coração fissurado, forte como uma explosão solar, forte como se fosse parar, e vou olhando tudo partir. Eu permaneço, e tudo vai, e vai e vai. Esqueço meu nome, esqueço de onde vim, para onde fui e para onde vou. Um aroma de maracujá me penetra, doce, fresco, misericordioso, e me rendo. Meu corpo é invadido pelo clímax de um orgasmo, um singelo instante de prazer que me faz sentir ser capaz de fazer o inconfessável, de ser uma besta e perder toda a razão, não ser mais desse mundo. Ser proibida. O orgasmo come perversamente minha sanidade, insinuando levar-me ao enlouquecimento. À la petite mort. Talvez não haja mesmo saída. Talvez eu deva permanecer louca. Lo.U.Ca. Minha língua dança pela minha boca enquanto profere essa palavra profana, e minha imaginação se fascina com a força e energia do meu corpo. E entendo que não devo ensinar nada ao meu corpo, mas ele, sim, tem muito o que me mostrar. E não consigo parar de morrer.

***

Em certa comemoração de Ano-Novo, fomos viajar, nós, as filhas mais novas, com meu irmão mais velho. Estávamos em uma casa perto da maré, e de noite chovia. Chovia de tempestade, e a força do temporal encontrava a força dos mares, fazendo o som das ondas soar magnífico, quase sendo possível pegá-lo com a mão. Magnífico, mas assustador. Com a casa tão perto do mar, era uma questão de vontade a água salgada nos atingir. A casa seria invadida, destruída. Mais um contorno que se vai. A correnteza me puxaria e me levaria para onde?

Deitamos na cama para dormir, os raios e trovões preenchiam todo o quarto. Encolhi-me e fiquei paralisada, sem mexer um fio de cabelo, mas tremia por dentro. Sentia muito pavor.

– Tome. Para você escutar música e fugir do barulho da chuva – minha irmã, que se deitava ao meu lado, entregou-me seu tocador de músicas.

Recebi aquele gesto, sem me fazer de madura, coloquei os fones, escolhi uma orquestra mais barulhenta que a tempestade, e com o tempo dormi.

Penso até hoje se aqueles que oferecem gestos tão humanos lembram-se desses atos tanto quanto aqueles que os recebem. Vigiar o sono de alguém talvez seja uma das tarefas mais nobres e, ainda assim, humanas. Foram gestos como esses que impediram a correnteza violenta do pranto me levar. Era como se segurar em fios de cabelo, mas os mais fortes fios de cabelo.

***

A uma distância mais segura da morte de meu pai, resgatei em uma gaveta os exames entregues pelo hospital e passei longos minutos olhando para aquelas impressões cheias de códigos e linguagens impossíveis de entender. Os médicos haviam investigado tudo, examinado tudo, conheciam tudo sobre meu pai. E ainda assim não conheciam nada. Não sabiam sobre quem ele era, não conheciam o seu melhor. A certeza inocente que meu pai tinha de que sua cabeça o levaria longe nos anos da vida rebatia por todas as paredes de minha mente, ressoava ensurdecedora. E agora, cá estava eu, contemplando o pai reduzido a imagens estáticas, a genialidade, a inteligência, a sabedoria de meu pai reduzidas a uma tomografia, a uma foto de seu cérebro. A uma figura caótica que mais parecia um teste de Rorschach. Essa imagem foi capaz de fazer os médicos afirmarem: não há mais jeito, ele partirá. O que eu não estava compreendendo? Onde estava isso ali? Via bichos, caretas, formas quase geométricas, via criaturas. Mas não via notícia de morte.

Selecionei a folha que julguei mais interessante, e emoldurei. Pendurarei em minha casa, penso. O novo quadro se chama A Insignificante Inteligência.

Nos dias que sucederam sua morte, acreditava querer ficar rodeada por estranhos. Apenas estranhos. Parecia bom, seguro, estar no centro de pessoas desconhecidas, donas de perguntas fáceis de responder, comentários que me permitiam restar na superfície. Em meio a estranhos, eu poderia ser invisível, nada mais que uma mocinha enlutada. Mais uma, pessoas morrem todos os dias, afinal.

Sustentar o olhar dos conhecidos seria insuportável. Os conhecidos sabiam do preço daquela perda, sabiam o que eu havia perdido. O que nós havíamos perdido. Sabiam dos alívios e das agonias. Não haveria como ser firme diante do saber alheio de que eu era, agora, uma caçula órfã de pai. A ideia da perda se cristalizando, o corpo esfriando, as lembranças se tornando névoas, também era impossível ser, na frente dos outros, aquela que restou e testemunhou o fim, o último tudo do pai, as fagulhas, poeiras. Aquela para quem o pai falou "Eu voltei!", mas não pode voltar por tanto tempo. Quebrou a promessa. Abandonou.

No entanto, ao chegar em seu velório, a presença dos estranhos, tão desejados, assaltou-me. Senti-me como a criança que fui, nas festas de família, andando, pequenina, entre as pernas dos adultos compridos e inatingíveis. Olhando o alto, procurando um pedaço de céu, uma estrela guia. Não queria nada daquilo, de repente. Não queria mais os estranhos. Queria estar só, queria estar só eu e meu pai. Eu, meu pai, e a Sra. M.

Tempos mais tarde, precisei enfrentar a realidade de que meu pai não voltaria. Chegava a cobrança de uma postura de mulher adulta, seguir com a vida, lembrar da data de morte, e carregar um acervo de lembranças convenientes para encaixar espontaneamente em conversas. Muito pelo contrário, resisti a retornar à vida mentirosa. Permanecia suspensa no espaço e tempo, avulsa, tentando sintonizar minha percepção para captar se, por uma mística ou pensamento mágico, meu pai estivesse tentando me mandar um recado. Não como quem diz "estou aqui com você", mas como quem diz que chegou lá e chegou bem. Não veio a borboleta, não veio o passarinho. Não veio o vento cantando pela janela, não veio uma carta póstuma. Veio a ausência e o silêncio. A realização da morte. A verdade.

Circulando pelos corredores de uma livraria qualquer, fui pega por um arrepio. Ali descansava um livro de meu pai. Não era uma mensagem, não era um sinal. Não era mística e nem milagre. Era apenas um livro onde ele deveria estar. Peguei o livro nos braços, como se fosse um livro imenso, mas em verdade era singelo. Levei-o ao peito, e sentei-me no chão da livraria. Abracei aquelas páginas, fechei os olhos, e me balançava para frente e para trás. Fiquei ali por muito tempo, talvez o suficiente para ter lido o livro todo. Mas não, foi apenas um abraço tardio, a quantidade de tempo de abraços que evitei dar em meu pai, quando ele ainda tinha braços para me envolver. Aquilo era postura de mulher adulta o suficiente?

***

– "Quando eu morri". Por que você sempre comete esse ato falho? – a prima me perguntou numa mesa de boteco, numa tarde grudenta de calor. Demorei para respondê-la, fiquei entretida com as bolhinhas de cerveja subindo, subindo e estourando ao chegar na superfície. O suor gelado do copo agradável embaixo de meus dedos.

– Não acho que seja um ato falho. Morri mesmo aquele dia. Uma parte minha voltou à vida, mas outra ficou. Foi embora de verdade. Perdi, me perdeu. Uma parte eu matei mesmo – variava o olhar, ora mirando as bolhinhas hipnotizantes, ora o horizonte urbano, poluído, cinza, sujo.

– Hum... – ela refletiu em cima de minha fala. Eu falava comigo mesma também. Entrava em termos. Elaborava. – E sabemos que partes são essas? Que parte está aqui, que parte foi mesmo embora?

– Não sei.

– E tudo bem, né? Tudo bem, não saber...?

Cerrei os olhos e franzi a sobrancelha, pensativa. Por fim, fiz que sim com a cabeça.

– Sim. Tudo bem.

Chegando em casa, corro direto para minha estante, e alcanço a prateleira de literatura japonesa. Pego todos. Era comum vir a saber, em contracapas, que autores haviam encerrado suas próprias vidas. Num desses livros, era possível ler, numa singela nota de rodapé, que o autor tentara encerrar sua vida quatro vezes. Procuro sua foto no verso do livro, e fico ali, observando suas feições, seu olhar, buscando alguma coisa. Era possível dizer que parecia triste, mas isso não seria suficiente. Era possível dizer que parecia perturbado? Que sentia desespero além do desespero? O que era necessário parecer? O que carrega no rosto aquele que tentou quatro vezes morrer? Saio correndo, subo as escadas e levo a foto do autor comigo até o espelho do banheiro, e termino colocando seu rosto lado a lado com o meu. Observo nossas semelhanças. Não havia. Não ali.

Quatro vezes. Penso no intervalo entre uma tentativa e outra. E outra. E outra. Com quantos pedaços faltando chegou esse autor em sua quarta, e última, tentativa, esta consumada, de encerrar a vida? Quantas faces de nós querem desaparecer? Quantas querem virar lembranças? Quantas querem poder ainda continuar?

Lembro-me de minha analista dizendo "às vezes não saber é mais importante que saber", e logo penso no pulo da lebre. O pulo da coragem e da curiosidade. Quão pobre deve ser saber de tudo. Não ser curioso sobre nada, pois não há mais nada sobre o que descobrir, desvendar. Acho que sou meio lebre. Triste, assustada e lebre. Sem mas. Tudo junto e ao mesmo tempo.

***

É meu último sonho, por muito tempo.

Saio de um buraco na terra, e alcanço uma campina. Existem dragões, felinos enormes, e beija-flores. Bem no meio do espaço, avisto minha criança misteriosa. Sei que é ela. Os mesmos cabelos, o mesmo vestido listrado. Está parada olhando o horizonte. Começo a ir em seu encontro, e ela dispara a correr. Corro também. Persigo-a. Sou maior, mais veloz, vou alcançá-la, mesmo com pulmões asmáticos. Ela não se cansa, e começo a gritar seu nome, nosso nome. Peço que pare, esclareço que só quero vê-la. Mas ela não cede. Fecho os olhos e reúno todas as minhas energias para um tiro final que a alcance não importa o que custe. Vou ficando impaciente.

– Para de correr, desgraçada! – grito enquanto minha mão enrosca em seu vestido infantil e a derruba no chão.

Seu rosto está finalmente virado para mim. Agora posso vê-lo. Mas não é um rosto. Não há rosto. Há apenas um buraco negro que se alimenta, profundo, sinistro, violento. Levo um susto. Acordo, aquela imagem fixada em minha cabeça. Sinto que jamais vou esquecê-la. Desgraçada. Dou três tapas na boca. Não volto a dormir. Tampouco a sonhar.

***

Tenho uma conversa imaginária com minha mãe. Ela me pergunta se pretendo ser feliz. Se tenho a intenção de exibir mais o meu sorriso ainda imperfeito depois de dez anos de aparelho odontológico. Lembro no fundo de minha memória os homens que pediam que eu sorrisse mais para eles. Mas meus dentes nunca serão os perfeitos de minha mãe. E meu sorriso nunca será interessante como o de meus irmãos. Sorrio quando não sorrio.

Tento responder a sua pergunta incisiva e afiada. Digo a ela que não posso imaginar aquilo que não conheço. Não posso imaginar aquilo que nem mesmo pude testemunhar. Ela não gosta. Faz cara feia. Não gosta de se lembrar que a felicidade não encontrou nosso endereço. Por mais que mandássemos cartas, sempre voltavam ao remetente. Como se nas estrelas estivesse escrito que não, esse destino não cabe a vocês! Como as elites que gostam de decidir para onde viajam os emergentes.

Minha mãe não gosta de minhas respostas. Chama-me de insolente. Peço desculpas. Baixo demais. Queria poder falar mais alto. Minha mãe merece pedidos de desculpa gritados. Sobretudo meus. Seus olhos mostram angústia, e sinto que chorarão. Agora sou eu que não gosto e faço cara feia. Essa é só uma conversa imaginária. Tento acalmar seu coração, então volto a falar:

– Mãe, mãezinha, sentia calor quando morava em ti, mas desde que precisei me mudar, começou a fazer frio. Meu corpo estremeceu ainda cedo, meus ossos começaram a rachar de tão gelados. Mas o sol não foi capaz de me aquecer, fazia-me arder e agora minha pele também doía, vermelha em carne viva. Fui em busca do molhado que era o lugar onde eu vivia em ti, fui pro mar, e o salgado de suas águas abriu feridas em minha superfície. A água doce, no entanto, era doce demais. Por fim, conheci as lágrimas, derramei-as até que estivesse submersa nelas. Mas acho que me afoguei, mãe. Ainda assim, sei nadar um pouco, e acho que estou bem mesmo afogada. Não posso imaginar o que não conheço, mãe, e se a gente mudar as palavras? E se a tristeza for a nossa felicidade? Hein, mãe? Ela não gosta.

Ela não gosta. Ela não gosta. Ela não gosta!

E então abro um sorriso, um sorriso enorme, largo, mostro todos os meus dentes, rio junto. E meus olhos estão carregados, mas não derramam uma gota.

Não posso imaginar o que não conheço, mãe. Tenho muitos defeitos, tenho gosto amargo, mas não poderei nunca mais ser a mesma que fui em ti. Vamos trocar as palavras. Vamos inventar as palavras então, mãe. Se não, eu caio. Eu caio antes mesmo da queda.

EPÍLOGO

Esta é a primeira vez que eu escrevo, desde que você partiu. Estou com medo de escrever. Pavor. Talvez como uma criança que guarda o doce, ao invés de saboreá-lo, pois não quer que o doce acabe. Talvez eu sinta, em algum lugar dessa imensidão que, se escrever, gastarei as palavras, e com isso você se irá, de vez.

Será que sei mesmo escrever? Será que tenho mesmo intimidade com as palavras? Será que eu sei a importância da escrita? Será que mereço escrever? São coisas que queria conversar contigo. O caráter sagrado das palavras e suas combinações.

Sinto que te conheci tão pouco. Te via sempre tão absorto, entretido, às vezes até resguardado em seu próprio imaginário. Pergunto-me o quanto de você estava ali, ou quanto você queria estar nesse imaginário que existia dentro de ti. Acho que éramos bem parecidos. Ou gosto de pensar que sim. Será que gosto?

Em seus últimos anos, você esteve tão triste, seu semblante era de tristeza, cansaço, solidão. Seu passado foi tão sorridente... A estrela que brilha, disseram que significa Lancellotti. Quando foi que a tua deixou de brilhar?

Minha última conversa contigo, logo antes de você virar cinzas, foi sobre você ter me ensinado a ler e escrever. Falei baixinho, quase inaudível, para ninguém mais ouvir, pus a mão em seu ombro magro, esquelético, e agradeci o maior e mais sagrado patrimônio que você poderia ter me deixado. Não quis que ninguém mais ouvisse pois era algo meu. Algo nosso.

Também gosto de viver dentro de mim. Acho que você não chegou a saber disso, sobre mim. Em vários momentos, perguntava-me quão distante eu seria capaz de ir, o quanto poderia me demitir da realidade compartilhada com os outros. Perguntei-me se valeria a pena viver somente dentro de mim.

Houve uma noite, eu já era adulta, morávamos sozinhos, eu e você, e eu sentia tanto medo, medo sem nome. Quis ir até você, e ficar lá, apenas no silêncio de sua presença e companhia. Não fui. Não consegui ir. Chorei até dormir. Como nos tornamos tão desconhecidos? Você teria ficado tão feliz, se eu tivesse ido. Sei disso. E me dói saber que te privei de alegria.

Choro tanto. Queria tanto que você voltasse. Só para ser mais do mesmo. Queria ser mais como as outras pessoas que dizem que sentem a presença dos que se foram. Não sinto. Sinto apenas mais essa fratura, esse barulho silencioso que são os fins.

Você sabia que podia ser franco comigo. Raramente foi, mesmo sabendo que eu dava conta. Eu sempre dei conta. Perguntei olhando em teus olhos, se você queria partir. Disse-me que não queria. Não era verdade. Fazia tempo que você estava pálido, longe. A morte não saía de tua boca. Teríamos conversas ótimas sobre a morte, hoje entendo isso.

O que te afligia, nesses últimos tempos? Quais eram teus medos? Que música tocava em tua cabeça? O que te deixava contente? O que tirava teu sono? O que te fazia dormir? Em quem você pensava?

Imagino que minha mente tem o desenho de uma árvore, de sua copa e com muitos galhos, ramificações das quais só eu sei a lógica, os caminhos e os acessos. Penso que esse era um tema que te intrigaria, imaginar o desenho de tua mente. Será que seria o desenho arquitetônico de um projeto misterioso cheio esquemas desafiadores?

Como será a filha que você conhece? Minhas últimas lembranças tuas são tão fortes, que não me lembro facilmente de quem você era antes. Será que tuas últimas lembranças minhas também são fortes? Você vinha sendo triste e muito pensativo, tácito. Eu também. Não acho que poderíamos ser felizes.

Por que nunca te chamei de Pai?

Agradecimentos

Impossível não começar agradecendo Bruno e Sílvia, da Editora Quelônio, partes essenciais para que fosse possível que este livro pudesse, enfim, encontrar o papel, e, eventualmente, descansar em mãos leitoras.

Alix Spell, querida amiga e grande artista plástica, que generosamente emprestou seu modo de ver e transformou este livro em pintura, e sua pintura em capa.

Joseph, meu leal leitor, e com quem esbarro nos corredores de uma vida passando livros de um par de mãos ao outro, e construo uma biblioteca.

Antonietta, Ana, Beatriz, Caroline, Isabelle, Laís, Patrícia e Pâmela, que me leram, acompanharam, aconselharam, encorajaram, ao longo das curvas dessa aventura. Carlos e Bruno que se empenharam para que esse livro fosse belo.

Minha curta e remanescente família. Meus professores, e livreiros com quem cruzei.

Finalmente, agradeço ao meu pai, que me ensinou o valor de nosso idioma, e o amor pelas palavras. Que me contou que é sempre bom tempo para encontrar no livro uma bela companhia. Que me deixou, tão humildemente, os livros como herança e a escrita como legado.

Luisa Lancellotti nasceu em 1993 em São Paulo. Formada em Comunicação Social e Psicanálise, é filha de escritor e *Fraturas e próteses* é seu primeiro romance.

Edição e revisão Bruno Zeni
Capa Alix Spell, com assistência de Carlos Yanke
Projeto gráfico Sílvia Nastari
Diagramação Rafael Marcon

Dados Internacionais de Catalogação na Publicação (CIP)
(Laura Emilia da Silva Siqueira CRB 8-8127)

Lacellotti, Luisa.
Fraturas e próteses / Luisa Lancellotti; capa Alix Spell, 1ª ed. – São Paulo: Editora Quelônio, 2025. 176 pp.; 13 x 20 cm.

ISBN 978-65-87790-93-0

1. Ficção: Literatura brasileira 2. Literatura brasileira: romance I. Lacellotti, Luisa. II. Spell, Alix.

13-20252 CDD 869.93

Índices para catálogo sistemático:
1. Ficção: Literatura brasileira
2. Literatura brasileira: romance
869.93

Editora Quelônio

Rua Venâncio Aires, 1072
Vila Pompeia / São Paulo - SP
CEP 05024-030
www.quelonio.com.br

Fontes Gobold Extra, Drummond e Adelle Sans
Impressão Rettec
Papéis Pólen Bold 90g/m^2 e Cartão LD 250g/m^2
Tiragem 500 exemplares
São Paulo, fevereiro de 2025